短歌を楽しむ基礎知識

上野誠 編

角川選書
670

短歌を楽しむ基礎知識

目次

短歌の過去、現在、未来

上野　誠

ネット短歌評の実験

ネット空間で、寵児《ちょうじ》となった歌人のひとりを冒頭に取り上げたい。岡本真帆（一九八九―）である。ネット空間では、「まほぴ」である。岡本真帆とその歌をもって、ネット短歌を代表する歌人と短歌とすることについては、もちろん異論があるかもしれない。しかし、私は、ネットユーザーに大きな支持があり、そこから出て歌集も出版され、歌もネット短歌の顕著な特性をもっていると判断し、冒頭に取り上げることにした。ただ、この判断の是非については、読者の判断を仰ぎたい。その歌集『水上バス浅草行き』の中に、次の一首がある（ナナロク社、二〇二二年三月刊）。

ほんとうにあたしでいいの?ずぼらだし、傘もこんなにたくさんあるしという歌である。評論家Aという者がいて、否定的な評を書いたとしよう。

一つの「つぶやき」として、日常性を掬《すく》い上げていることは、認めたい。が、しかし。その「つぶやき」が、果たして短歌といえるのか。短歌というカタを否定するのもよいが、無視すれば、単なる「つぶやき」の洪水となるだけではないのか。そんなものが、短歌であるとはいえないだろう。私は、まったく評価できない。

評論家Aの評を読んだ評論家Bは、次のように、この歌を擁護した（ことにする）。

パートナーから愛の告白があり、その瞬間の言葉を、まるでフリーズドライしたかのように、短歌にした秀作。評論家A氏は、カタ、カタというが、短歌という歌のかたちは、力まず、ひよらず、ふとした日常の言語を切り取るための文学だったはずである。A氏の評論は、伝統というカタにとらわれた旧守派の妄言でしかない。私は、A氏に猛反省を求めたい。短歌の過去も未来も考えない愚かな批評だ。

私が、この二つの批評文を作って冒頭に掲げたのは、「本書のねらい」をわかり易く示したいがためである。以下、その理由を示す。なお、実験とはいえ、俎上《そじょう》に載せてしまった岡本真帆氏には、お詫《わ》び申し上げます。

本書のねらい

今、空前の短歌ブームといわれている。それは、四十歳以下の若い人びとのうちで、短歌を創作する人が増えているからである。私は、このブームを次のように分析している。

① 四十歳以下の若い人の短歌人口は、たしかに増えている。具体的に数字化して示すことはできないが、新聞各紙の歌壇の投稿者は、明らかに増えている。

② しかし、創作者の多くは、ネット空間で短歌を発信し、受信し、互いに批評するのであり、活字空間に入ってゆくひとは、そのうちの少数である。新聞歌壇の投稿者の増加は、ネット空間から参入してきた人びとである。

③ ネット空間での短歌の特徴は、その瞬間に胸に去来した感情を、多くの人びとと共有したいという願いに支えられている。したがって、「ポスト（旧ツイート）」「つぶやき」を短歌にした軽いものが多い。その味わいも、軽さと共感にある。文芸として表現性を高めようとするような、大げさな文学観など、そこにはない。

つまり、自宅、喫茶店、仕事の休み時間など、パーソナルな時空からネット空間に自由に発せられた歌々ということができる。

師を見つけ、師事し、学習して歌を作る。師のいる結社に入り、歌会に参加し、表現を練り上げてゆく。そういう短歌人口は、増えてはいないようだ。ネット短歌の歌人たちは、ネット上での「つきあい」のようなものはあるにせよ、直接会うということは、ほとんどない。じつは、ネット空間の短歌の特徴は、ここにあるといってよい。人に直接会うことなく、感情のみを共有し、互いに交換したい。それができる空間ができたということなのである。

学習型短歌から、ポスト（ツイート）型短歌へという潮流が、ここにあるのである。本書は、旧来の学習型を推奨する書ではない。結社に属する良さもあるけれども、たしかに煩わしさもある。また、旧来の学習型短歌が社会の中で力を失ってきたことも、私は知っている。したがって、現在のブームに違和感を持つ人びとも多い（石井大成「短歌ブームと短歌の〝ズレ〟について」『梁』現代短歌・南の会、二〇二三年）。これは、当然である。

では、本書が目指すものは何か。本書が目指すのは、これまでと今の短歌を巡る文化を、ざっくりとデッサンして、その総体をできるだけ鮮やかに示すことである。私は、バッハがいつの時代の人か知らないし、ドラクロワの生没年も知らない。それでも、そのよさはわかるつもりだ。だが、しかし。少し知識があれば、もっと楽しめるとも思う。感じればよいのだから、知る必要はないともいえるが、知って楽しみを増すということもあろう。一方、こざかしい知識による短歌鑑賞が、今の時代に合っていないことも知っているつもりだ。そういう思いから本書は生まれた。

五音句と七音句というカタ

意外に思うかもしれないが、ウタというものには、もともと五音や七音の音数律は必要ない。実際に、『古事記』『日本書紀』には、三音句、四音句のウタもある。歌おうと思えば、そのどこかの音を、高低をつけて伸ばせばよいだけである。五音句、七音句の歌が主流になったのは、文字が普及してきた七世紀の後半からである（それは、律令《りつりょう》国家が、文字を操る役人を大量に必要としたからである）。文字数を数えれば、簡単に音律が整えられる方法が編み出されたのは、七世紀の後半である。五音と七音という音数を定めて表現を調整するようになると、同じような調べの歌がたくさんできることになる。つまり、五音と七音とは、選ばれた音数律であり、選び取られたリズムなのである。この五七、七五のカタが、千四百年利用され続けている。歌舞伎のセリフも義太夫も、演歌も標語も、このカタを利用しているのである（コノドテニ／ノボルベカラズ／ケイシチョウ）。カタを利用する利点は、記憶しやすく、整理しやすいという点にある。一方、カタは破るためにある。型破りは、現在最古の歌集である『万葉集』にもみられる。山上憶良の秋の野の花は、

萩《はぎ》の花《はな》　尾花葛花《をばなくずはな》　なでしこが花《はな》　をみなへし　また藤袴《ふぢばかま》　朝顔《あさがほ》が花《はな》〔その二〕

（巻八の一五三八）

花の名を並べただけの歌なのに、私たちは、五音句、七音句のカタがあるために、これが短歌であることがすぐにわかるのである。つまり、心情を〈料理〉とすれば、カタとなる五音と七音句は、日本語を盛りつけやすい〈器〉ということになろう。

「短歌」と「和歌」と

文字が普及すると音数律で詩のかたちを定め、そのかたちが普及する。すると、同じかたちなので、似た歌が生まれ、互いに表現を学び合うようになる。そうやって、磨き上げた歌を集めて、巻物とすれば、歌集ができる。『万葉集』が編纂《へんさん》された時代、今日には伝わらないたくさんの歌集があった。『万葉集』という歌集は、そういう先行歌集を集成した書物なのである。そこから、短歌の歴史ははじまる。以後、短歌、俳句は、千年以上、その作品群の蓄積を積み上げてきた。だから、短歌、俳句は、類歌、類句に、時に学び、時に反発しながら作るものなのである。

「短歌」とは、文字通り短い歌である。それは、一方に「長歌」があるから「短歌」という。『万葉集』では、長歌のあとに反歌というものが付けられることが多いが、そのほとんどは五七五七七の短歌体である。七世紀の後半には、長歌もたくさん制作され、五七七五七七の旋頭歌《せどうか》というかたちの歌も、ある程度作られていたが、八世紀には短歌が中心となり、以降千三百年は短歌中心の時代となってゆく。

では、「和歌」とは何か。今日では、和をヤマトと解して、ヤマトウタと解されているが、『万葉集』では、違う。万葉の「和歌」は、唱和する歌のことである。一つの歌が作られたり、歌われたりする。その歌に、別の人が唱和して歌うのが、「和歌」である。したがって「和歌」とは、答える歌のことなのである。漢詩に対して、ヤマトの歌という場合には「倭歌」という文字が使われていた。『万葉集』の時代は、地域名も「大和」ではなく「大倭」と書かれていたからである。和歌がヤマトウタで、それが五七五七七の短歌体となるのは、奈良時代の終わりである。

ヤマトウタが日本文化の象徴になる

もともと日本文化というものがあったのではない。朝鮮半島や中国の文化を意識した時に、日本文化というものが意識されるのである。グローバル化した現代社会において、日常生活の中で、日本を意識することなどない。ところが、自己のウチなるものとソトなるものを意識した瞬間に、日本や居住する地域が、突然、意識されはじめるのである。その時に重要なことは、日本にしかないものである、ということである。つまり、ヤマトウタは、日本にしかないものなのである。ヤマトウタは、

ア　日本語で作られ

イ　五音句七音句から成り立ち

ウ　日本でやり取りされる歌々である

だから、ヤマトウタが日本の文学の象徴になったのである。学問といえば、漢文。詩といえば、漢詩。だから、ヤマトウタが象徴的意味を持つのである。『古今和歌集』の仮名序と真名序には、その思想がよく表れている。ことに、外国と戦争になりそうになると、ヤマトウタへの関心が急速に高まる。幕末期や両大戦期が、その好例である。日本を意識して戦わなくてはならない時に、短歌は流行するという性質を持っている。

ふたたびネット空間の短歌に

ネット空間の短歌は、つぶやき、ささやく歌である。ネット社会というものには、国境も、男女の壁もない。いわば、ボーダレスの社会である。そんなボーダレスな社会で、どうして、ア、イ、ウという制約のある歌を、人びとはなぜ発信し続けているのであろうか。それは、ボーダレスな社会ほど、孤独だからである。ネット社会には、個しかない。地域も集団も、ましていわんや結社などもない。どこにいるかもわからない個が星のごとくに点在するだけなのである。その中で、必死に繋《つな》がろうと、われわれはブログに写真を掲げ、X（旧ツイッター）に投稿して、繋がりを求めているのである。日常に使っている言語の感覚を大切にして、微細なる志の襞《ひだ》を伝え合おうとしている。今日、私が作ったカレー、サラダ、唐揚げに、「いいね」が欲しいのである。

このような中においては、日常の生活で使用されている普段着の日本語で、やさしく語られる歌がよいのである。大切なのは、日本語で語られる生活実感である。したがって、ネット空間の短歌は、生活が歌われ、しかも日常言語と連続性がきわめて高いのである。

ふたたび本書のねらい

私は、日本で現存最古の『万葉集』という歌集から、ネット時代の短歌を眺めてみた。①②③とアイウが、今、私たちが立っている「今」と「ここ」である。各執筆者には、この千四百年の歩みをざっくりとデッサンするように依頼した。なるほど、私たちが作っている短歌には、こんな歴史があったのか。そういうことが試されていたのか、と気付いてくれれば、本書を作った甲斐はあった、と思う。

知識など創作にはいらない。むしろ、邪魔になることが多い。それでも、知れば、楽しくなる、と思う。十年後、百年後、千年後、この短歌ブームはどう見えているのだろうか。そういう興味で、各章を読んでいただければ幸いである――。

短歌が作者から読者に届くまで

歌を作る

内藤　明

短歌の原点

やまと歌は、人の心を種として、よろづの言の葉とぞなれりける。世の中にある人ことわざ繁きものなれば、心に思ふことを、見るもの聞くものにつけて、言ひ出だせるなり。（和歌は人の心を種子として、さまざまな言の葉となったものだ。この世に生きている人間は、いろいろなことがあるものだから、心に思うことを、見るもの聞くものにつけて言いあらわすのだ）。

『古今和歌集』仮名序

今日、人はなぜ短歌を作るのだろうか。それはそこに歌があるから、というしかない。和歌の源流にある『古今和歌集』は、その序の冒頭に右のようにいう。人間には心があり、生きていく中でさまざまな思いが去来する。それを物に託して言葉にしたのが歌である。

心中の表現せずにはいられない感情、喜怒哀楽、美醜の感覚、恋情や詩情。そういったことを何らかの「物」に託してあらわしたものが歌だという。続いて、鳥や蛙も歌をうたうというが、そこには歌が声に繋《つな》がり、リズムや音楽性とむすぶものだという前提がある。また、歌には、目に見えぬ鬼神をも感動させ、男女の仲をもやわらげ、猛《たけ》き武人の心をも慰める力があるとその効用をいう。それはまた和歌が何者かに向かって発せられる言葉であることを示しているともいえる。『古今集』の「和歌」になるまでには数世紀の歴史があり、「短歌」にはさまざまな要素があるが、ここには「歌」に対する基本的な認識がある。

何かを表現したい気持ちが形になるまでには長い言葉の歴史があっただろう。仲間に危険を知らせ、好きな人に思いを伝え、亡くなった人に対して悲しみをあらわし、共同体のよろこびや美を分かち合い、また孤独や怒りを訴える。歌はそういった中で音楽とともに育まれ、また定型を生み出してきた。時々の音楽の感覚とともに育った定型は、口ずさみ、覚え、伝えるのに適している。五七五七七の三十一拍によって作られる短歌は、そういった中で、一つのコミュニケーションツールとして継続してもきた。心の中のモヤモヤとしたまとまりのない思いに対して形を与え、それを外にあらわして他者に伝えるには、短い形が相応しい。そして短歌に重ねられてきた言葉の蓄積が表現を豊かにし、新たな言葉を取り込んで内容の幅を広げもする。歌一首を作ることは、人間の感情や認識の歴史を、個人の中で再現し、新たな発見に向かわせるものといっていい。

なぜ短歌か——瞬間瞬間の生

それにしてもなぜ短歌なのだろう。短歌が定型化される前にはさまざまな歌の形があった。それが形作られてからもいろいろな謡われる歌の形や、書かれる詩の形があった。近代になっては西洋の詩に学びながら新しい、長い詩の形が作られた。短歌は短すぎて多くの内容が盛り込めないとされ、伝統詩につきまとう因習や古めかしさから、短歌は文学好きからは敬遠され、短歌否定論も起こった。しかし、その中でも短歌は形を変えながら、一般の人々の中に浸透していった。なぜだろうか。

石川啄木は、新体詩や小説、評論を試み、若くして亡くなった。短歌の将来について疑問も持ちながら、次のようにいっている。

・人は誰でも、その時が過ぎてしまへば間もなく忘れるやうな、乃至《ないし》は長く忘れずにゐるにしても、それを言ひ出すには余り接穂《つぎほ》がなくてとうとう一生言ひ出さずにしまふといふやうな、内からか外からの数限りなき感じを、後から後からと常に経験してゐる。

・一生に二度とは帰つて来ないいのちの一秒だ。おれはその一秒がいとしい。ただ逃がしてやりたくない。それを現すには、形が小さくて、手間暇《てまひま》のいらない歌が一番便利なのだ。

石川啄木「一利己主義者と友人との対話」

これはAB二人の対話の中で、啄木の分身のようなAが語っている言葉である。人は生きている瞬間瞬間に感じている限りなきものがある。それを表現するのは、短歌という短い形が適しているという。「内から外からの数限りなき感じ」が人間にあり、それをあらわすものとして歌があるという発想は、先の古今集仮名序にも通じるものがあるといっていい。そして、そのような短歌への認識を踏まえながら、啄木は後世にも残る、生活の中の思いを歌った歌を作る。

病《やまひ》のごと
思郷《しきやう》のこころ湧《わ》く日《ひ》なり
目《め》にあをぞらの煙《けむり》かなしも

非凡《ひぼん》なる人《ひと》のごとくにふるまへる
後《のち》のさびしさは
何《なに》にかたぐへむ　『一握の砂』

「病のごと」の歌は、故郷への止みがたい思いが募るある日の感情を、青空の煙という「見るものにつけて」表現したものといえよう。そして、二首目の自らの振る舞いと、その後の「さびしさ」の感覚は、啄木ならずとも持ち得る屈折した感情を、ストレートに表現している。日常の思いを、自己をえぐるように歌い出すところは、好悪はともかく、心と歌に対する啄木の思いを示している。

啄木は一首を三行で記すという「三行書き」を取り入れているが、それはさらに、

旅《たび》を思《おも》ふ夫《をつと》の心《こころ》！
叱《しか》り、泣《な》く、妻子《つまこ》の心《こころ》！
朝《あさ》の食卓《しよくたく》！

月《つき》に三十円《ゑん》もあれば、田舎《ゐなか》には、
楽《らく》に暮《くら》せると――
ひよつと思《おも》へる。『悲しき玩具』

といった形にもなっていく。先の「対話」の中では「なるべく現代の言葉に近い言葉を使つて、それで三十一字に纏りかねたら字あまりにするさ」といい、また「五も七も更に二とか三とか四とかにまだまだ分解することが出来る」ともいっている。三十一音を基調としながら、かなり自由な形での短い歌を指向していたようだ。

啄木の文章は一九一〇年に雑誌に発表されたものである。短歌という定型が、形なき一瞬の思いに形を与えるための便利な器となるとともに、不自由に見える定型がその形や言葉を新たにしていくことで、今まで表に出されなかった新たな世界を開拓できることを示している。百余年を経た現代にも、形を変えながら生きているといえるだろう。

いささか理念的に、歌と歌を作るということを述べてきたが、個人が実際に思いの表現を求めたとき、それが短歌に結びつくとは限らない。日記帳やパソコンの中に思いを書き

残すこともできるし、隣人にしゃべることもできるし、今日ならSNSで発信することも、映像や音楽やダンスによってそれを表出することもできる。啄木は先の「対話」の中で、「歌といふ詩形を持つてるといふことは、我々日本人の少ししか持たない幸福のうちの一つだよ」と、少しアイロニカルに述べている。日本人というより、日本語の中に、五・七調や、五・七・五・七・七がさまざまな形で継承されてきたことは確かだが、その比重は現在薄れているようにも思われる。

だが、今日の百人一首競技カルタの盛況や短歌ブームは、短歌という形をあらかじめ耳にし、目にする機会を増やしているようでもある。それは日本の近代化や戦後の中での短歌滅亡論や「奴隷の韻律」（小野十三郎）といった見方を反転させているともいえる。そのことの意味は別に考えられなくてはならないが、日本語の中に「幸福」にも使われ続けてきた短歌という形に、今までとは異なる新鮮さを感じ、これで何かを言ってみようという自由な発想が生まれてきているように思われる。

短歌とは何かといったことはさておき、三十一音前後で、胸の内のもの、見たもの聞いたもの感じたものを、言葉としてあらわす。それは形ある何かを作り出し言い得た快さと喜びでもある。歌を作ることの原点はそのようなところにあるといえよう。

なぜ短歌か──他者への語りかけ

ところで、こういった短歌は、短く限定された定型でありながら、きわめて多様で、さまざまな可能性を秘めたものである。ひとりで試み、自らだけの記録に留《とど》めておくものももちろん短歌である。しかし、内から外にあらわされた短歌は、他者に語りかける性格をおのずから持っている。その他者は、もう一人の自分であってもいいが、隣人であり、恋心を寄せている人であり、家族であり、もう少し広い仲間であり、また不特定多数の誰かであるかもしれない。また今は亡くなった人であるかもしれない。

歴史的に考えれば、和歌は祭りや儀礼や宴席に供されて実用的な意義を持ち、また男女や友人の間で交わされ思いを伝え合い、また歌会や歌合《うたあわせ》で共に享受され競い合わされた。それによって、研ぎ澄まされ、新しさも模索された。また短歌の集が編まれることによって表現が蓄積された。先の啄木の孤独感に満ちた歌も、創作する場は孤独であっても、それが雑誌に載ったり歌集として出版されることによって、他者の目に触れ共感や反発を買い、また文学的価値が問われたりもした。それは啄木が望むところでもあったろう。

心の思いはその作者の内面のものとしても、短歌を作るということでそれを外面化することは、何かしら、他者へ呼びかけて、他者に伝えたいという思いが含まれているだろう。それで、短歌はおのずからその供出される場と関係し合う。それは個人間の手紙といったこともあるが、歌を出し合う仲間の場としての歌の集まり＝歌会、また対面ではなく印刷による歌の発表の場＝同人誌といったものも生む。また同じ考えを持った人々が流派を成し、近代にはそれが社を結んで、いわゆる結社誌といったものを生み出す。また、歌を作って語りかけたい人とジャーナリズムの結びつきから、新聞や雑誌に読者の投稿による短歌欄が設けられる。朝日新聞社に勤めていた啄木は「朝日歌壇」の選者となり、日本新聞社の社員であった正岡子規は「日本」に俳句や短歌の投稿欄を持ち、自らの歌への考え方が広まるところともなる。

こういった方向は、それぞれの歌の批評や評価ということにも繋がるが、その元には歌を作ることが、同時に思いを誰かに伝えることであるという、短歌の本質が関わっているだろう。実用性であれ、芸術性であれ、よりよく伝えるために他者の存在が、短歌を作ることにあっては必要になってくる。その他者の存在が大きくなり、その共感や支持を得ることが目的化することもあるだろうが、また、それによって時代とともに短歌は変化もし、進歩もしてきた。そして、古代の歌にも、明治の歌にも、現代の歌にも、今日の人々が共感し得るのは、短歌という一定の形が、伝えるということと一体となりながら成り立っていたことと繋がるであろう。

短歌と現在

短歌と出会い短歌を作り始めるのは偶然によることも多いだろう。だが、作る前には、その人にとって気になった歌があっただろう。それは一首だけかもしれないが、歌を作るには短歌に触れる機会、他人の短歌をたくさん読み、覚えることも大切である。

声の文化の時代から、印刷術による活字文化の時代へ、さらにディスプレイやインターネットの時代に変化する中で、短歌という形が存立し続け得、あるいはその時代のコミュニケーションツールとして短歌が活用され得るのは、誰かに呼びかけるものとしての短歌のありようと、いままで短歌に蓄積されてきた人々の生と感情の記憶や刻まれてきた厖大《ぼうだい》な情報が関わってのことだろう。ある意味ではそういった文化を背後に持つことで、短歌は現在その存在意義を持っているともいえるだろう。

だが、なにも難しく考えることはない。個人的なことを言えば、私は和歌・短歌は、子供の頃から文学や歴史の一端として親しんできたが、短歌の持つ古さや日本的な抒情《じょじょう》のためか、それに対しては強い忌避感があった。むしろ、そういったことを明らかにするためにそれを読んできたようにも思う。しかし、短歌を作り、結社の中で定期的に短歌を作ることで、形なき思いやどうにもならない感情は、一定の形ある短歌によってこそ表現しやすいことを覚えた。また、短歌を作ろうとすることで、日常生活の中で物を見たり事を捉えるさまざまな視点を意識的に広げることにもなったように思う。そしてコミュニケーションツールとして他者に思いを伝え、また他者の生やものの見方を疑似体験することもでき、知友を得ることもでき、自分を省みるよすがともなった。

　これは、内部の思いから短歌という方向でなく、短歌から内部への思いという、いわば逆の方向のようでもあり、そこにはある空虚感もあるが、短歌の入り口は広い。ある一定の形を持ちながら短歌は多様であり、その涯《はて》は広く深い。短歌で表現すること自体に引かれ、絵を描くように短歌で実景や抽象的な世界を描き、曲を作るようにさまざまな調べを奏で、身体を動かすように言葉を動かし、創作の喜びを覚えるのも短歌である。個の思いにとらわれない広い共感やまた共感への抵抗を指向するのも、短歌の一つのあり方といえるだろう。

　和歌・短歌は、闇のような中から現代まで継続し、たくさんの人間の生や言葉の記憶を声として内部に留めてきた。短歌は、日本人にとってというより、人間にとって、その保持してきた幸福なものの一つであるといえるかもしれない。二進法でスピードと数量が競われる時代、個の生の連続性や自明性が失われていく現在にあって、短歌の創作は、それぞれの人にそれぞれの意義を持たせるに違いない。

歌を歌う

兼築信行

歌と仮名文字

『古今和歌集』の仮名序が短歌（三十一文字）の元祖とするのは、ヤマタノオロチを退治したスサノオノミコトが、クシイナダヒメを妻とし、宮作りをする時の詠で、『古事記』には「夜《や》久《く》毛《も》多《た》都《つ》　伊《い》豆《づ》毛《も》夜《や》幣《へ》賀《が》岐《き》　都《つ》麻《ま》碁《ご》微《み》爾《に》　夜《や》幣《へ》賀《が》岐《き》都《つ》久《く》流《る》　曾《そ》能《の》夜《や》幣《へ》賀《が》岐《き》袁《を》」と記載されている。一字一音のいわゆる万葉仮名であり、日本語の発音を保存する措置といえる。このような仮名は、固有名詞や詩歌など、元来固有の文字を持たなかった日本語の中で、漢文＝中国語文に変換することのできない言葉を発音のまま保存するため発明された表記法であった。もちろん漢語を訓読みとし、その表記のまま導入することもなされたが、それは発音読みに意味を加味する営為であった。こうした経緯はまた、詩歌が原初的に音声化されていたことを物語っている。

九世紀の半ば過ぎになると、草書体の仮名、そして平仮名が出現する。その最古の遺品は、貞観《じょうがん》九年（八六七）に書かれた『讃岐国司解藤原有年中文《さぬきこくしのげふじわらのありとしもうしぶみ》』とされるが、全体が平仮名で書かれた作品は、伝存最古の歌合である『民部卿家歌合《みんぶきょうのいえのうたあわせ》』ではないだろうか。歌合は左方と右方のチームに分かれ、短歌を出し合って優劣を競う文学的ゲームである。仁和《にんな》年間、在原行平《ありわらのゆきひら》によって催されたこの歌合は、和歌はもちろん、事の次第を記した部分まで仮名文で書かれていた。ちょうど陽成《ようぜい》天皇から光孝天皇へ皇統が変わった時期に当たり、それは同時に文化的な転換期でもあったらしい。光孝の跡を継いだ宇多天皇は、多くの歌合を企画するとともに、大江千里《おおえのちさと》に漢詩句を和歌に翻訳した家集を献上させている。その『句題和歌《くだいわか》』は、和歌部分のみが平仮名書きで、序や題は漢文で記される。同集に先立ち菅原道真が編集した『新撰万葉集』では、表記はすべて漢字、万葉仮名であり、漢文の序を伴っている。それが、宇多の皇子である醍醐《だいご》天皇の下命による最初の勅撰集『古今和歌集』にいたると、本文は平仮名で、仮名序と真名《まな》序（漢文序）とが伴っている。序文には延喜五年（九〇五）の日付を付すものの、延喜一三年までの作が入り、成立はさらに下るとの説が出されている。それはさて措くとしても、平仮名は十世紀の初めまでに社会的に公認され、しかも和歌と深く関係していたことが観察できる。平仮名は「女手《おんなで》」と称されたが、それは女性専用の文字ということではない。男と女が通有できる文字が出現したのである。歌の文化は、男女に通有するものであり、短歌が男女間のコミュニケーション・ツールとして機能していたことはよく知られている。世界の古典詩歌の中にあって、和歌は男女イーブンの、特異な存在なのである。先述の通り、宇多は盛んに歌合を催したが、多くは後宮の女性たちに愉悦を与える催しであった。男女に通有する歌の文化に、勝負という刺激を組み入れたのが歌合なのである。ただ平仮名が出現したからといって、万葉仮名が消失したわけではない。『古今和歌集』の編集と並行して宮中で行われた正史『日本書紀』の講書では、全講義終了の打ち上げの宴において、男性貴族たちにより、『書紀』に登場する神や人物を題とした和歌が詠まれた。その『日《に》本紀《ほんぎ》竟宴《きょうえん》和歌』の作は、すべてが万葉仮名で記載されている。

音声化される歌

古い時代の歌に接するには文字を介するほかないわれわれは、歌が実際に声に出して歌われていたことを、ついつい忘失する。しかし、仮名で記された歌は、間違いなく音声を伴っていたのである。歌謡は明らかに謡いものであるから、節を付けて詠唱されていたと容易に想像されるが、その旋律を具体的に知ることは困難である。なお、漢詩の句や和歌に節を付ける朗詠が、平安時代から盛んに行われていたことも、ここで想起しておきたい。

歌が声によって現前していたことは、『万葉集』に窺《うかが》うことができる。たとえば巻十六に穂積《ほづみのみ》親王《こ》（天武天皇の皇子）の次の歌（三八一六）が載っている。「家尓《いへに》有之《ありし》　櫃尓《ひつに》鎖刺《かぎさし》　蔵而師《をさめてし》　恋乃《こひの》奴之《やつこが》　束見《つかみ》懸而《かかりて》（家にあった　木箱に鍵を掛けて　中に閉じ込めておいた　恋の

やつめが　私に摑《つか》みかかってきやがって……）」。酔いにまかせて歌うのにふさわしい内容だが、左注に「右の歌一首、穂積親王、宴飲の日に、酒酣《たけなは》なる時に、好《よ》くこの歌を誦《よ》み、以《もつ》て恒《つね》の賞《め》でとしたまふ、といふ」とあり、宴席で親王の持ち歌として詠誦されていたことが示されている。『万葉集』ではこの歌に続き、宴の席において、時に琴の伴奏を伴いながら詠誦された歌が、いくつか掲載されている。そうした、短歌を歌うパフォーマーとして、河村 王《かわむらのおおきみ》や小鯛 王《おだいのおおきみ》（置始多久美《おきそめのたくみ》）の名前が挙げられている。

歌会・歌合の場で

ところで歌には、生活の中で実情的に詠み出されるものと、新たに創作され公的な場で発表されるものに、大きく分けることができる。前者は口頭で詠出される場合はもちろん、手紙などに書かれる場合もあり、そうした場面は、『源氏物語』など物語作品の中に、まま描写されている。後者は、歌会や歌合といった場で発表されるのが典例である。

その歌会では、提出された和歌懐紙などを、読み上げ役が声に出して披露していった。その方式は次第に整えられ、会の進行役を読師《とくじ》、読み上げ役を講師《こうじ》と呼ぶようになり、歌合においても、これらの所役が置かれた。

歌合を見ると、『百人一首』の壬生忠見《みぶのただみ》と平兼盛《たいらのかねもり》の歌が対戦したことで名高い天徳四年（九六〇）の『内裏歌合』において、右方の講師を務めた源 博雅《みなもとのひろまさ》（雅楽の名人として著名）

が、誤って次の番（対戦）の歌を、一つ前に読んでしまったことが記録されている。また、長治元年（一一〇四）に催された『左近権中将《さこんのごんのちゅうじょう》俊忠朝臣家《としただあそんのいえの》歌合《うたあわせ》』では、「ほととぎすほのめく声やいづかたと聞き惑《まど》はしつ明け暮れの空」の第二句を、「おぼめく声や」と講師が読み誤ってしまい、歌意が不審であると議論になっている。こうした講師の失態は、とりもなおさず、歌は声で発出されるものであった事実を物語っている。

和歌披講

中世にいたると、歌会を催す形式はさらに整備され、読師が進行し、講師が読み上げた後、歌に節を付けて吟詠するようになった。そして、初句を単独で吟詠し始める役を発声《はっせい》、第二句（付所《つけどころ》と呼ばれる）以下を発声とともに合唱する役を講頌《こうしょう》と称した。この披講の形式は、現代の新年宮中歌会始《うたかいはじめ》の儀や、京都冷泉家《れいぜいけ》に行われる乞巧奠《きっこうてん》の歌会などに踏襲されている。

披講に関しては、楽譜にあたる和歌披講譜《ひこうふ》が残されている。その現存する最古の原資料は、大永二年（一五二二）に綾小路資能《あやのこうじすけよし》によって書かれた譜であり、それをもとに再現も試みられた。披講の流儀は現在、綾小路流と冷泉流とが行われる。旋律には、両流とも甲と乙の二種があって、歌う高さによりさらに種類が分かれる。現行の両流の旋律は、相互にかなり相違するが、よくよく聴き比べると、始原は同じであったのではないかと推測されなくもない。宮中歌会始が準拠する綾小路流では、甲調で始め、乙調に移り、上甲調（甲調を五度高く歌う）を置いて、最後は甲調に戻る構成をとる。歌会始ではその後に、皇后・天皇の歌が披講されるが、別扱いとなり、皇后の御歌《みうた》は乙調で二反（繰り返し）、天皇の御製《ぎょせい》は上甲調・上甲調・甲調の三反で歌うことになっている（御製はかつて七反されていた）。冷泉流では、乙から始まり、甲になり、今度は乙の甲となって、最後の一首を乙の乙とするのが基本構成である。冷泉流には、乙のほか、乙を高く歌う乙の甲、低く歌う乙の乙があって、それらを交え変化を付けていくのである。こうして見ると、冷泉流のほうから差別化が図られたように思われるが、綾小路流がより音楽的で融通が利くのに対し、冷泉流は息継ぎ箇所が多く素朴である一方、歌い方自体は固定的であるという特徴を指摘できる。郢曲《えいきょく》や雅楽を家業とした綾小路家に収斂《しゅうれん》された流儀と、歌道家である冷泉家の流儀とが、こうした差異を生んだのかもしれない。なお披講譜を示す歌にはいわゆる「君が代」が用いられるが、冷泉流では初句「我が君は」（『古今和歌集』）の形を用いる。

歌詞としての和歌・短歌

近代になって、短歌を歌詞にメロディを付けて唄う歌曲が現れるようになった。その典型は、いわゆる国歌「君が代」であろう。もともと『古今和歌集』賀部の巻頭に配された長命を祈念する祝い歌であり、平安中期に初句「君が代は」の形が現れ、中世さらに近世

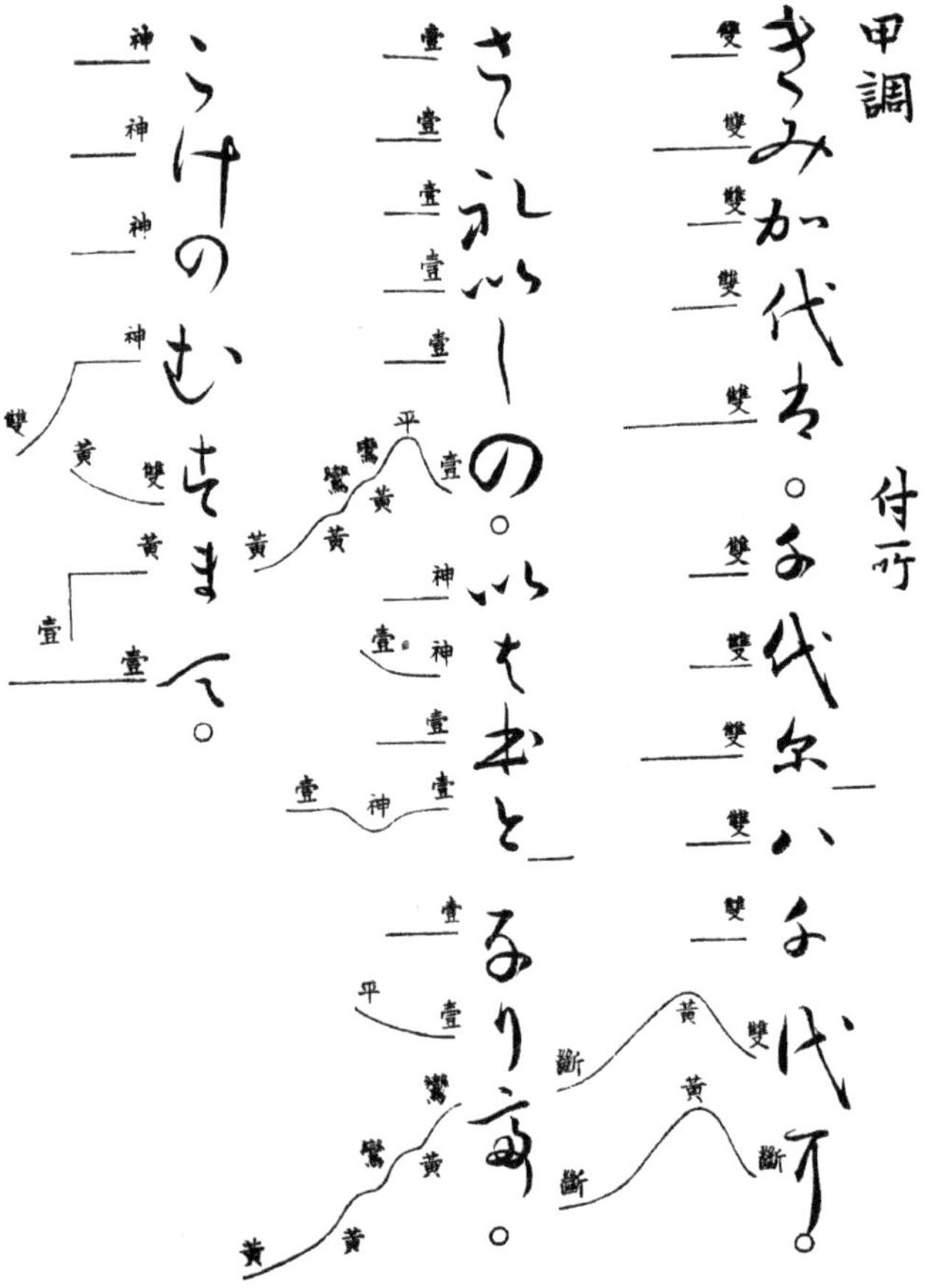
甲調
付所
きみか代ハ。千代尓八千代尓
さゝれいしの。いはほとなりて。
こけのむすまて。

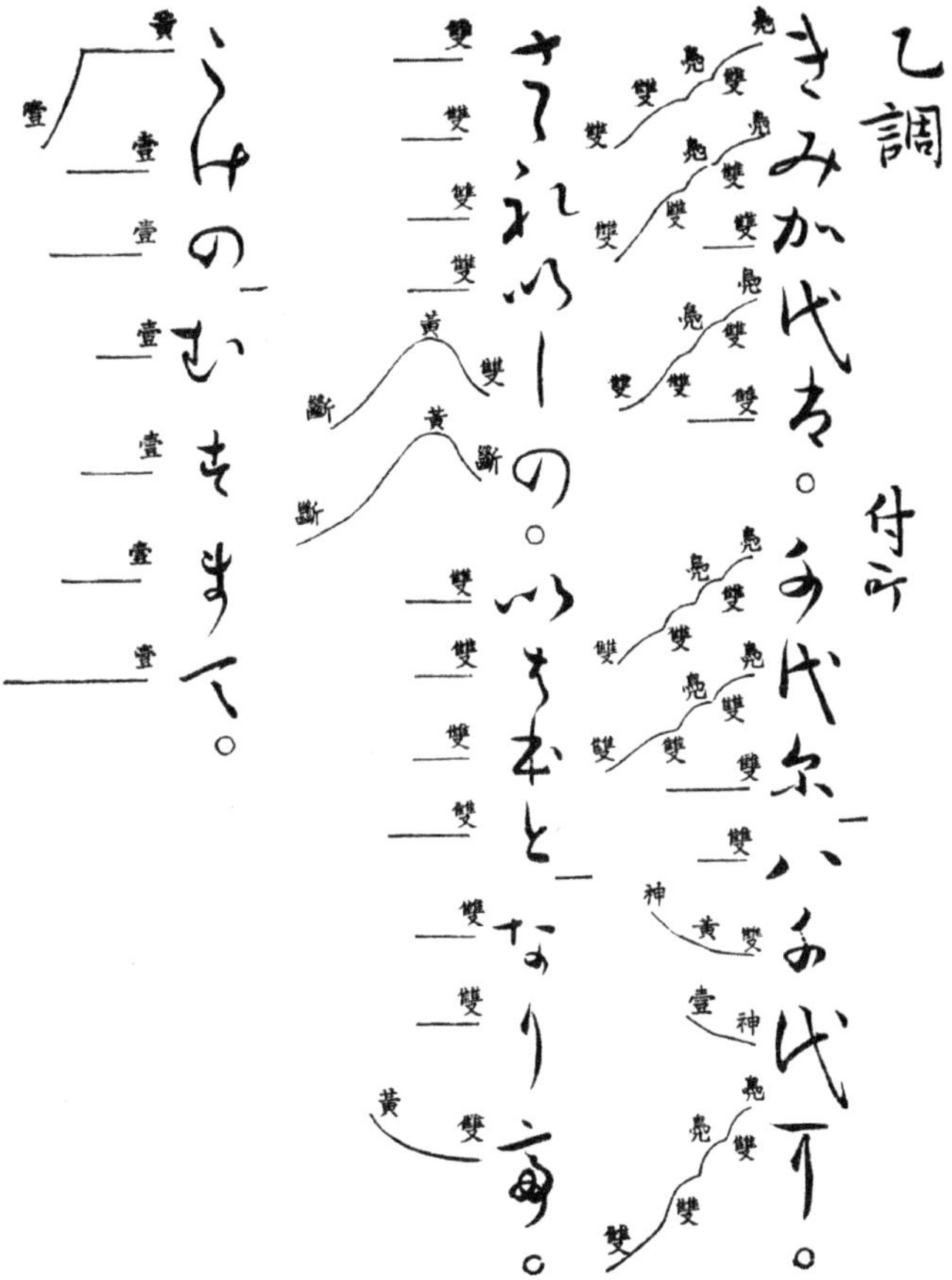
乙調
きみか代は。ち代にやち代に。
付所
さゝれいしの。いはほとなりて。
こけのむすまで。
鳧 雙 黄 斷 神 壹

には、さまざまな文学、芸能、音曲に展開した。明治維新後、英国からエディンバラ公が来日する機会に、薩摩琵琶「蓬莱山《ほうらいさん》」から歌詞が選ばれ、ジョン・ウィリアム・フェントンが曲を付け、礼式曲として演奏された。これを後に、宮内省の伶人《れいじん》（楽人）奥好義《おくよしいさ》、林《はやし》広守《ひろもり》の関与で曲を改め、明治一三年（一八八〇）に成立したものが現行曲の元となった。なお国歌として法的には、平成一一年（一九九九）に制定されている。

同じ和歌は、明治一四年（一八八一）に文部省が最初の唱歌《しょうか》教科書として編集した『小学唱歌集　初編』に載る「君が代」にも用いられたが、曲調はまったく異なり、末尾に「うごきなく常磐《ときは》かきはに　かぎりもあらじ」の詞が加えられている。また、源頼政《みなもとのよりまさ》の和歌を応用した二番が付けられていた。こうした流れに沿う事例としては、『万葉集』に載る海犬養岡麻呂《あまのいぬかいのおかまろ》の短歌（6・九九六）を文部省唱歌とした「御民《みたみ》われ」などを挙げることができるが、最も有名なものは、短歌ではないが、準国歌ともなされた「海行かば」であろう。『万葉集』の大伴家持作「陸奥国《みちのくのくに》に金《くがね》を出《い》だす詔書を賀《ほ》く歌」（18・四〇九四）から切り出した大伴氏の言立ての部分を歌詞とし、昭和一二年（一九三七）に信時潔《のぶとききよし》が作曲した。以上は、国家主義的な流れの中に、伝統文化としての歌が取り込まれ、詠唱された事例である。なお前掲『小学唱歌集　初編』に載る「見わたせば」は、ジャン＝ジャック・ルソーの原曲（一般に「むすんでひらいて」のメロディで知られる）に、『古今和歌集』に載る素性《そせい》の「見渡せば柳桜をこきまぜて都ぞ春の錦なりける」（春上・五六）をもとにアレンジした歌詞を付けたものであった。唱歌の例には、「三才女」（作曲岡野貞一）を挙げることもできる。

いっぽう、近代の短歌を歌詞とした歌曲も現れてくる。昭和一一年（一九三六）に白眉《はくび》出版社から刊行された鈴木次男『短歌作曲集』は、石川啄木、若山牧水、九条武子の歌による譜面集である。昭和一三年（一九三八）、啄木の「砂山の砂に腹這《ば》ひ／初恋の／いたみを遠くおもひ出づる日」に越谷達之助が曲を付けた「初恋」が作られたが、原歌のままでは収まりが悪く、リフレインが多用されている。古関裕而《こせきゆうじ》は、昭和二二年（一九四七）に、牧水の「白鳥は哀しからずや空の青海のあをにも染まずただよふ」に曲を付け、「白鳥の歌」を作る。当初は一番のみであったが、「いざゆかん……」、「幾山河……」の二首が追加され、三番に構成された。

近現代歌人による自詠朗読

近現代歌人が、自詠をみずから朗読した音源がある。手元にある『現代短歌朗読集成』の最新版（CD四枚組）には、以下の五二名が収録されている。第一巻、佐佐木信綱、尾上柴舟、太田水穂、窪田空穂、与謝野晶子、斎藤茂吉、前田夕暮、北原白秋、土岐善麿、釈迢空、五島美代子、鹿児島寿蔵、前川佐美雄、坪野哲久、木俣修、葛原妙子、窪田章一郎、斎藤史、宮柊二、近藤芳美。第二巻、高安国世、田谷鋭、武川忠一、塚本邦雄、岡野弘彦、山中智恵子、前登志夫、尾崎左永子、岡井隆、馬場あき子。第三巻、篠弘、寺山修司、佐佐木幸綱、春日井建、高野公彦、福島泰樹、伊藤一彦、三枝昂之、河野裕子。第四巻、永田和宏、小池光、道浦母都子、池田はるみ、松平盟子、栗木京子、小島ゆかり、坂井修一、水原紫苑、米川千嘉子、加藤治郎、穂村弘、俵万智。多種多様な自己流パフォーマンスを聴くことができるが、そこにもはや、何かしらの統一性、規範性を見出《みいだ》すことは不可能である。こうした自詠を朗読する歌人たちの中にあって、福島泰樹による「短歌絶叫コンサート」は、きわめて特異である。一九七六年に始められたこの活動は、吉祥寺のライブハウス「曼荼羅《まんだら》」を舞台に、月例ライブというかたちで展開されていった。

読み上げ、歌う

現在、歌を音読する機会といえば、『百人一首』競技かるたの読み上げを思い浮かべる人が多いのではないだろうか。競技かるたは、黒岩涙香《るいこう》によって明治三七年（一九〇四）に確立されたが、札の読み上げは、現在では厳密に規定されており、5・3・1・6方式と説明される。つまり前札の下の句が五秒、余韻が三秒、間合いが一秒、出札《でふだ》の上の句が六秒と読み、出札の初句は一字〇・二秒を目安とするとされている。

しかしこの読み上げ法だと、すべての歌が上の句と下の句とに分割されてしまう。かるたは上の句を読み、下の句の札を取るゲームなのだから、当たり前なのであるが、短歌の文脈上の切れ目は、第三句に来るとは限らない。

教育の現場では、和歌や短歌はどのように音読されているのだろう。教科書には、「声に出して読み上げてみよう」といった学習活動が指示されることが多いが、具体的にどのように読み上げるのか、指導書などに指示されることはほぼあるまい。したがって教室では、各自の恣意によって、声に出して読み上げられているものと思われる。『百人一首』の影響は強いから、競技かるたの読み上げ法が応用されることもあるかもしれない。

『万葉集』の歌を独特の節回しで朗々と吟じた犬養孝《いぬかいたかし》のいわゆる「犬養節」は、今でも語り草となっており、ユーチューブなどで聴くことができる。高岡市で続けられている「万葉集全20巻朗唱の会」は、さまざまな形式で自由に歌うことのできるイヴェントとして定着している。詩吟や、巡礼などの御詠歌が存在するものの、伝統的で権威性を有する、広く認知され統一された歌の歌い方などというものは、現在存在しない。歌に内在するリズムを感じ取りながら、各人が自由に読み、自在に歌えばよいのだろう。一方で歌は、音声化を必須前提とするものではなくなり、目で読むもの、黙読するものとなっているのが実情である。

読み味わうために

そうではあるが、歌とは原初的に声によって発されるものであったことに思いをいたすならば、和歌披講における講師の読み上げは、いま一度顧みられてもよい方式なのではないだろうか。新たに創作された歌を、声のみを用いて伝えるこの読み上げでは、各句の末尾を長く長く伸ばし、句と句の間にもかなり長いポーズを入れる（ただし第四句と第五句の間は間を空けずに続ける）。句ごとに耳を通じて言葉がキャッチされ、それが歌頭から順番に組み立てられていくことになる。この機制《メカニズム》は、実は歌というものの持つ原理に、最もよく即応している。あまりに速く読み上げたのでは、理解が付いて行けない。句ごとに区切り、十分な時間を与えることで、はじめて記憶にしっかりと定着させることができる。それが頭から順に開示されることで、掛詞《かけことば》や縁語などのレトリックがどこで起動するかも、歌の文脈の流れの中で理解することができる。歌とは本来、そのように詠まれ、聴かれ、受け止められる過程であった。もはや専ら目で作り、読むものとなっている現代の短歌ではあるが、それを声に出して歌い味わう意義を、いま一度、あらためて考えてみるべきではないだろうか。

歌集を作る

永田　淳

なぜ紙の本なのか

私がおずおずとパソコンに触り始めた三十五年ほど前、といってもそれは私個人のパソコンではなく父のアップルであったが、記録媒体はフロッピーディスク（ＦＤ）だった。最初はペラペラの薄い５インチだったが、少し経ってから３・５インチが登場し、小さくなっても容量は増大していた。この３・５インチＦＤ、容量は１・44メガバイトしかなかった。今の iPhone で普通に撮った写真一枚すら記録できないことになる。しかし当時の私たちはこれに原稿をコピーしてやり取りしていたのだ。

ＦＤに記録されている原稿をいまパソコンに読み出せる人は、一部の官公庁を除いて、おそらくほとんどいないだろう、ドライブがないからだ。ＦＤそのものは手元にあっても、専門業者に頼まないかぎり中身を見ることができない。その後に登場したＣＤ－ＲやＤＶＤ－Ｒといった記録媒体もこのＦＤと同じ道を辿《たど》りつつある。

こういったことはなにもFDやCDに限らない。VHSビデオや8ミリフィルム、カセットテープなどは今ではまだ辛うじて視聴できるが、二十年後、三十年後にはまったく見られなくなってしまっているだろう。記録されている媒体はあっても、それを再生する、読み出すハードがいつの間にか淘汰《とうた》されて、気付いたら身の回りから消えているのだ。

「歌集を作る」というテーマのはずが回り道をしてしまった。

私たちがなぜ、千年以上も昔の柿本人麻呂や大伴家持、紀貫之や藤原定家、後鳥羽院の歌を読めるのか、というと書かれたモノがハードを介さずに読める形で、つまり紙に書かれた形で残っていたからなのだ。ごく当たり前のことを言っているように聞こえるかもしれないが、それが当たり前ではない世界が目前に迫っていることはいま見てきたとおりだ。

かりに今、一切の紙媒体が廃止されすべてが電子媒体に記録されるようになったとして、それらの刊行物が千年後に同じように読めるかと問われたら、読めないだろう。

Kindleに代表されるような電子書籍に関してもまったく同じことが言える。千年といわず数十年後にはこういった電子書籍は同じ形では読めなくなっているはずだ。名作や古典はかたちを変えながらも残っていくだろうが、一生に一度しか歌集を出さない人が電子書籍で歌集を刊行したら、それを読める期間というのは限られたものになってしまうだろう。

半面、私たちは神田の古本屋を渉猟《しょうりょう》すれば百年前の歌集だって入手できて、その場ですぐ読める。この「その場ですぐに読める」ということが紙にインクで印刷して綴《と》じて製本することと、つまり本にすることの一番のメリットであり、大事なことなのだ。本であればデバイスも電源もなにもなくていい、字が読める明るささえあればいいのだから。

私は青磁社という短詩型専門の小さな出版社を興して二十数年になるが、当初からの思いは「百年後に残る本造り」である。百年もすれば著者はもちろんこの世にいないし、著者のことを直接知っている人もほとんどいなくなる。けれど著者の玄孫やそのまた孫なんかが、自宅の本棚に古ぼけた歌集を見つけて読んでくれる可能性だって残されているのだ。まだ見ぬ未来の、しかも自分の血を引く読者に自分の書いたもの、作った歌を残せるなんてこんな素敵なことってあるだろうか。

歌集を作る打ち合わせのときに「私の家族は短歌なんてまったく興味ないので読んでくれません」と言われる著者がよくいらっしゃる。こういった著者に限って刊行したあとに「夫が喜んで友達にも売ってきました。その代金は帰りに飲んで消えたみたいですが」だとか「お母さんこんな風に思っていてくれてたんだね、と娘に泣かれました」などという感想をもらうことになる。

いざ本という形になってみると、それまでは手遊《てすさ》びの軽い趣味程度にしか考えられていなかった短歌が俄然《がぜん》、本格的なもののように思えてくるのだろう。「歌集」という本の形にする、そこに不思議な磁場が働く瞬間でもある。

歌集の出版形態

歌集の出版形態は大きく分けて、次の三つになる。

① 自費出版。歌集刊行に関する諸費用をすべて著者が負担して刊行する形態。多くは300〜500部を印刷し、すべてが著者のものとなる。出来上がった歌集は同じ結社の仲間、友達や知り合い、家族や縁戚、他結社の歌人、歌人団体や短歌総合誌、図書館などの公的機関に献本の形で送ることになる。版元が何部か在庫して、売れた分の何%かを著者にペイバックする方式もあるようだ。

② 共同企画出版。名称はそれぞれの版元によって異なるが、印刷した部数のうちの何割かを著者が買い取る条件での刊行。たとえば1000部印刷したうちの500部を著者が定価の八掛けで買い取る、というような契約。残りは版元が書店などを通じて販売する。印税を支払うパターンとそうでないパターンなど、契約内容によって様々である。

③ 企画出版。右記の②の買取条件がなく、版元が著者に印税を支払うという契約での刊行。著者が買い取る場合の掛け率は多くが定価の八掛け。

世の中で刊行される歌集の七割か八割（あるいはもっと）は①の自費出版である。②の共同企画出版も一定部数の買取条件がついている以上、自費出版と費用的に大差ないことが多い。また自費出版なら著者の意向を最大限に反映した歌集作りができるが、共同企画出版だと版元の意向に添ってページ数が決められたり、本の作りが画一的なものになることもある。

一部のスター歌人は企画出版となる。「すわ、印税生活か！」と羨ましく思うかもしれないが、これも最低でも数百部を著者が買い取って歌壇やその他に献本するので、初版の印税だけで著者が儲《もう》かるという話はまずなく、ほとんどは持ち出しである。

夢のない話になってしまった。

私の青磁社で刊行する歌集も例に漏れずほとんどが自費出版であるが、自費出版に限らず歌集がどのような工程を経て一冊になるかを見ていこう。

歌集の体裁、装幀の打ち合わせ

まずは打ち合わせから始まる。電話やメールのやり取りだけで済ますこともあるが、対面での打ち合わせが理想。

最初に歌集の判型（サイズ）を決める。三十年ほど昔はA5判と呼ばれる大きいサイズ（148ミリ×210ミリ）のほうが多かったが、最近は四六判といわれるサイズ（128ミリ×188ミリ）のほうが圧倒的に多くなってきた。昔は一生に一度出せるかどうか分からないから、大きくてどっしりした豪華な本を作っておこう、という意識が働いたのかもしれない。これらの正規のサイズを正寸というが、変型判というのも存在する。短歌は一行の文字数が俳句に比べて長いので、本自体も縦長のほうがしっくり来る。そこで最近では本の幅を10ミリや8ミリ細くした変型判を作ることも多くなった。ほんの少しのことだが、これだけで一冊がずいぶんとスリムに見える。その他に新書サイズや文庫サイズの小型判、あるいはＡＢ判（２１０×２５７ミリ）やＢ５判（１８２×２５７ミリ）などの大判で作ることも可能だ。

そして一ページに何首で組むかを決めるのだが、収録歌数が四五〇首ほどかそれ以上なら一ページに三首組み、三五〇首前後なら二首組みが標準的なところで、これで大体二〇〇ページほどの歌集となる。歌は一行書きなのか二行書きなのか、活字の大きさはどのぐらい、活字の書体はなにがいいか、なども決める。

事前にメールなどで歌稿を送ってもらっていればそれにザッと目を通して作者像を摑《つか》んでおけるのだが、初対面で当日に歌稿を持って来られる場合だとどういった歌を作られる方なのか、パラパラと歌を見ながらの打ち合わせとなる。

そしてここから打ち合わせの佳境に入ることになるのだが、装幀《そうてい》・造本に関することを決めていく。ほとんどが「本を作るのは初めて」という方なので本の造りについて説明するところから始める。多くの人がカバーを本の表紙だと思われている。タイトルや著者名、そしてデザインされている紙が本に巻かれていればそれは「カバー」で、捲《めく》った下にある本体の表が「表紙」である。一昔前はこの表紙、布クロスを使ったモノが多かったが最近は紙のもののほうが多いくらいである。本の下の方に別の紙で推薦文などが書かれているのが「帯」。表紙をめくった裏側が「見返し」と言われる紙で、その次にまたタイトルや著者名が入っているページが「大扉」「本扉」と呼ばれる。カバーがなくて表紙むき出しというシンプルな歌集もある。堅い表紙がついたものが「上製本（ハードカバー）」柔らかい表紙が「並製本（ソフトカバー）」。その他にフランス装やドイツ装、コデックス装（糸綴じ並製本）、背継ぎ表紙やＰＵＲ製本などの造本があるが、これらは文章で説明したところでおよそ見当も付かないと思うので、興味のある方はそれぞれ検索していただきたい。このカバー、帯、表紙、大扉までのデザイン及び紙やクロスの素材選びが装幀家の仕事となる。

装幀家さん同席で打ち合わせをすることも稀《まれ》にはあるが、大体は著者の意向を装幀家に橋渡しするのが私の仕事である。なのでどういったデザインにしたいのか、好きな色、嫌いな色、抽象的な感じなのか具体的な絵や写真が入った本にしたいのかなどを事細かに聞き取る。紙質にこだわる著者なら、何百種類もある紙見本やクロス見本などを実際に見て、触っていただいて選んでいただく。好みの色合いについても漠然と赤、と言われても朱色も緋色《ひいろ》も赤には違いないので、その辺も色見本で摺《す》り合わせる。時々「花布《はなぎれ》は緑色にしていただきたい」と専門用語を言って来られる方がおられたりして、そんな時はこちらもすこし身構え、そして引き締まる。花布というのは、上製本を綴じてある部分（「背」と呼ぶ）の上下に小さな布が付いているのだが、その名称である。そんなところに布きれがついていることに気付いていない人がほとんどなので、歌集を作ったら本の見方が変わった、という方も多い。

なかには「カバーはこの紙、帯はこっちのこれ、表紙は……」とすべてを指定しようとする方がおられるが、それはお断りしている。たとえばカバーならカバーの紙だけを選んでいただき、その先はプロの装幀家に任せたほうがいい結果になるのは目に見えているから。過去にすべて著者の注文どおりの紙と色を使った本が出来上がってみたら、随分とちぐはぐな印象の一冊になったことがあるのもまた事実である。

これまでに刊行した歌集や句集などを著者にご覧いただき、どの装幀が一番思い描いているものに近いかを選んでいただき、その本を装幀した装幀家さんに依頼することになる。

歌集出版において版元が介入できる場面はそんなに多くない。ほとんどの場合、原稿は著者が揃えて持ってくるのでそれをあらためて編集する必要もない。頼まれれば帯を書いて、あとはどのような衣裳《いしょう》を着せて本にするか、だけだ。だから必然的に装幀に関しては力が入る。

「こんなデザインにしたい」「本屋で見かけたこの本みたいな歌集が作りたい」といったプランをお持ちの熱心な方には、その熱意に応えたいとこちらも熱くなるし、逆に「一切お任せします」というのも、それはそれで逆に火が点く。著者が想像もしなかった切り口から攻めてみよう、とか、青空の歌が多いけれど、一首しかないけど夕焼けの歌が素敵だからこのモチーフでいこう、などと装幀家と相談するのもまた楽しいものだ。出来上がった歌集に「思ってもみなかった歌集になりました」と言っていただければ快哉《かいさい》を叫びたくもなる。

豊かな出版文化のために

冒頭に述べたように昨今のＩＣＴ化によって紙媒体は縮小の一途を辿っている。そうなれば紙の需要も減るわけで、毎年どんどん紙の種類が廃版により少なくなっている。十五年ほど前にはまだ可能であった活版で本を造る、ということも国内ではほぼ不可能な状態である。タイトルを金や銀の箔《はく》にするといった箔押し加工や先述したフランス装などの特殊製本も、歌集などの短詩型出版物では普通に見かけるが、書店に並ぶ一般書籍で見かけることはまずない。そういった凝ったことをできる技術を持った印刷所、加工所や製本所が紙媒体の衰退に伴い減っている。一般書籍は売って利益を出すことが求められるので複雑なことをしてコストが上がるのを嫌うのは当たり前だが、自費出版だと特殊加工がコストに見合うと著者が納得すればお金を出すので、そこに大きな違いがある。

豊かな出版文化を守るという意味でも、こうした特殊技術を絶やしてはいけない。単に文字が読めればいいというのではない、本というのは目で見て、手で触って味わうものなのだから。

われわれ短詩型書籍を刊行している版元が少部数ながらも特殊加工の書籍を刊行し続けることで、特殊な印刷・製本技術が今後も継承・発展していくのではないか、と半ば自惚《うぬぼ》れながらも思っている。

装幀造本について随分長くなってしまった。これさえ決まれば大体はその後、順調に進むのだが、ごく稀に一〇〇〇首ほどの歌を持ってきて選歌と編集・構成を頼まれることもある。編集者としては腕の見せ所でもあるが、大変難しい作業でもある。作者本人は歌を作った動機や背景を当然分かっているが、こちらはそれを推測するしかない。歌はいくら具体的に作られていてもどこかで抽象性を帯びるし、大体は結社誌に掲載された歌群をそのまま持ってこられるので、一〇首連作として作られたものが五、六首になっているなどといったことが起こり、選から洩《も》れた歌に連作のヒントが隠されていたりするものだ。それを推理しながら、時に別のところから歌を補充しながら一連を組み立てていく。こうして数首から数十首の連に分け、それぞれに小見出しを付けて並べたら歌稿は完成だ。

一首だけだったらどうにも冴《さ》えない、と思っていた歌が一連の中に収まると居場所を得たかのように突然輝き出すことがある。歌は一首独立が基本なのだが隣同士の歌と響きあうことがある、これも歌集という器が持つ不思議な力学の一つだ。

歌稿が組み版されて出てくるのが初校ゲラ、これを版元で文字校正（朱入れ）をする。誤字脱字がないかを見るのはもちろんのこと、歴史的仮名遣いの歌集なら仮名遣いの間違いや文法の誤り、事実誤認がないかなどをチェックする。版元で朱を入れたゲラを著者に送付、著者が校正して戻す。真っ赤になるほど朱が入って戻ってくるゲラもあるが、そんなゲラからは一字一句をないがしろにしない著者の歌集へ懸ける強い思いがビンビンと伝わって、作業としては大変ながら意気に感じるところでもある。二校、三校したところで多くは校了となり本文に関してはこれで終わりである。

このゲラのやり取りをしている間に装幀家から装幀のラフスケッチが届きそれを著者に見てもらう。一発でＯＫが出る場合もあるし、微調整を伴うこともある。

本文が校了となり装幀が決まれば印刷・製本へと回し、出来上がりを待つばかり。上製本なら入稿してから製本されてくるまで約三週間。その間に、献本先の選定などを行う。駆け足ではあるが、以上が歌集が出来るまでの大まかな工程である。

読者が最も知りたいであろう出版費用であるが、版元によっても大きく異なる。最も安いパターンで九十万円ほどから高ければ二百万円を超えることもあるようだ。平均としては総額で百五十万円前後ではないだろうか。

将来、自身の歌集を出されるようなことがあれば、参考にしていただければ幸いである。

歌を批評する

内藤　明

和歌と批評

先に「歌を作る」で述べたように、歌を「作る」ことは歌を伝えることでもあり、またそれは歌を「読む」こととも密接に関わる。自分一人で短歌を楽しむこともできるが、歌を通して何かを共有し合い、また別の世界を得ようとすれば、歌をどのように読むか、またどのように批評するかということに、無関心ではいられない。

「和歌」は『万葉集』では和する歌の意もあり、人に向かって、あるいは集団の中に供された。そこに、心や真意をよりよく伝える歌が求められた。とくに一つの型を持つ短歌は、より整った、また優れたものが求められ、またさらに独自なものが求められてもいく。和歌は、個人間で交わされるとともに歌会などの場に発表され、他者の評価や批評にさらされる。たとえば「歌合」は、番《つがい》となる左右二首の歌を戦わせて優劣を争う場だが、それは命を懸けるような真剣勝負となり、そこに歌の評価基準が求められ、また歌とは何かといった歌論が求められる。そしてその判定の根拠が記録として残されてもいく。心の思いを述べるという歌の立場からするとそれは副次的なようにも思えるが、和歌が公共の場に供され、文芸性を求められると、自然なことでもあった。

西行といえば、自由に和歌を詠んだように思われるが、「御裳濯河《みもすそがは》歌合」と「宮河《みやがは》歌合」という著名な「自歌合《じかあわせ》」が残っている。晩年の西行が、伊勢神宮に奉納するために、自らの歌を選んでそれぞれ左右に番って、構成意識を持って編んだ歌合である。そして前者は時の和歌の大家藤原俊成に左右の優劣の判を求め、後者はその息子の若き定家に判を求めた。定家はこの仕事に難渋したというが、撰《せん》という形で西行自身の自らの歌への思いや批評がなされるとともに、当時の歌の道に優れた者が歌を具体的に批評するという、二重の批評がそこに内包されているといえよう。

左　持

願はくは花のもとにて春死なむその二月《きさらぎ》の望月《もちづき》のころ（一三）

右

来《こ》む世には心の内にあらはさむ飽かでやみぬる月の光を（一四）

左の、花の下にてといひ、右の、来む世にはといへる心、ともに深きにとりて、右はうちまかせてよろしき歌の体也。左は、願はくはと置き、春死なむといへる、うるはしき姿にはあらず、其体にとりて上下相叶《あひかな》ひていみじく聞こゆる也。さりとて、深く道に入らざらむ輩《ともがら》は、かくよまむとせば叶はざる事ありぬべし。これは至れる時の事也。姿は雖不相似、准《ならず》へて持《じ》とす。

これは俊成の判詞で、「両首とも深い心を述べている、後者は思いのままに述べて普通にすぐれた歌のスタイルであり、前者は「願はくは」と「春死なむ」はうるわしくはないが、ここでは素晴らしく聞こえる、深く道に入らぬ者には詠めない究極であり、「持」（引き分け）とする」、という。一首の表現構造から、内容や境地に及ぶ、俊成の評を見る。

左

風越《かざこし》の峰の続きに咲く花はいつ盛りともなくや散るらむ（一九）

右　勝

風もよし花をもさそへいかがせん思ひはつればあらまうき世ぞ（二〇）

左、世の常のうるはしき歌のさまなれど、右、風もよしと置けるより終句の末まで、詞心巧みに、人及びがたきさまなれば、勝と申すべし。

こちらは定家の判詞である。左は並の優れた歌の姿だが、右は初句から結句の末まで、言葉・心が巧みで、他の人が及びがたい姿なので、勝とすべきという。四句目は「思ひ出づれば」とする写本もある。定家は、ありふれた発想や表現とは異なる、屈折した展開に評価を与えているといえるだろう。言葉や表現についての批評を通して、父子の歌に対する考えの違いを見ることもできよう。判を通して、歌の言葉、言葉続き、全体の姿や調べ、歌の内容や作者の思いといったさまざまな批評がなされていったのである。

批評と歌論

こういった批評は、和歌史の中で培われ、近代にも継承されてきた。それは一面、従来の短歌の形や常識を押しつけることにもなりかねないが、型を持つ短歌においては有効な面も多くある。また主として、上達者が初心者の歌の語句などを直す「添削」も、ある意味では批評であり、それは語法の誤りや短歌の形を学ぶ機会とも、また新たな発見を促すものとなるとともに、批評をとおして作者の方法や短歌への考えを示すものともなる。

たとえば次は、北原白秋の添削実例集『鑕《かなしき》』（一九三八年刊）の一節である。

簡素なる（り）海ぞひの町の昏れがたは人の通りも（の）まれにひそけさ（顫《た》ちつつ）

初句は切つた方がよい。結句、ここにも簡素なるとひそけさがある。ひそけさは消して、顕ちつつと一は実に就くことが、初句の簡素を生かす……

傍線は原作、（　）内は白秋の添削である。ここで白秋は、歌を初句切れにすることをすすめる。それによって歌全体の構造、調べが変わる。そして初句と結句の類同する語の重複を指摘する。それを消すために、下句の発想を転換して、まれに現れる（顕つ）ことをいって「実」として「ひそけさ」を表現しようとする。一つの技法による変更が、一首の姿をがらりとかえて描かれている場の雰囲気の印象を鮮明にしている。添削は、作者により的確な表現を示し、また自分では気づかない言葉や発想のヒントを示すといえよう。『鑕』は、白秋が主宰する短歌誌『多磨』誌上に連載されたもので、「巻末に」に、「もとより短歌は三十一音の定型であるから、この短い表現形式の上に精魂を打ち込むには、それだけの心構へと修業者として謙譲な日夜の励みが要る」と述べている。五十歳代になった白秋の、歌への認識と覚悟を示したものといっていいだろう。

選や添削という短歌のありようや、それに関わる批評は、具体的に短歌の形を生かそうとするとともに、批評する者の歌に対する考えや認識と関係するものであろう。そして、歌を作り、歌を読み、批評することの蓄積や、新たな場を求めることが、歌に関する考え方を方向付けてもいく。

次は、一九四七年に発表された近藤芳美の「新しき短歌の規定」の一節である。

新しい歌とは何であらうか。それは今日有用の歌の事である。今日有用の歌とは何か。それは今日この現実に生きて居る人間自体を、そのままに打出し得る歌の事である。

近藤芳美『新しき短歌の規定』

近藤はここで、今日の時代の現実を直視したリアリズムの歌を主張する。そして、「健康な表現をとることだ。病的なデホォルマチオン乃至《ないし》心理のアクロバットを演じない」ことや、「簡潔であることだ」、「芸術派の短歌表現乃至語法」の「過剰装飾を排除する」ことをいう。アララギに育った近藤であるが、流通する短歌を批判するとともに、期待する短歌が想起され、自らの歌論が示されているといえよう。

短歌一首への批評は、言葉や表現の問題から始まって、批評者の短歌観や作歌姿勢、またその人生観や世界観とも関わり得る。次は、塚本邦雄の短歌観を示したものである。

もともと短歌といふ定型短詩に、幻を見る以外の何の使命があらう。現実社会が瞬間に変質し、新たな世界が生れでる予兆を、直感によつて言葉に書きしるす、その、それ自体幻想的な行為をあへてする自覚なしに、歌人の営為は存在しない。

塚本邦雄『夕暮の諧調』

アイロニカルな言い方だが、塚本は西欧の近代芸術の方法論を取り入れ、写実主義とは異なった方法で短歌を作り前衛短歌を領導するが、『新古今集』の定家などの手法にも通じながら独自の世界を進化させる。従来の常套《じようとう》的な作歌への批判がそこにあるが、それはまた従来の短歌の読み直しによって短歌に新たな価値を与える批評をも生む。
次にあげるのは、塚本がその著『茂吉秀歌『赤光』百首』に付した「解題」である。

作者が「実際に、ありのままに」と称へつつ、自在奔放に視、感じ、描き尽した幻想の王国、不思議の国を、他の鑑賞家、研究家とは異つた方法で、別のコースをたどつて探検してみよう。

塚本邦雄『赤光』解題

実景、実感、写実といった点から自解、読解、批評されることの多かった斎藤茂吉の作品について、塚本が自らの視点からの分析をなして、評価を与えたものといえよう。
批評を受けるということは、作るものにとっては自分の歌を他者の目を通して独善的でなく客観的に見ることであり、また多角的に見る見方を学ぶことでもある。また批評するということは、感想や悪口を越えて、ときには自らの短歌観を問われるものとなり、また創造的な行為である。

短歌批評の可能性

近代短歌は、和歌の常識を覆そうとしてきた。正岡子規は「歌よみに与ふる書」（一八九八年）において次のように記している。

貫之は下手な歌よみにて『古今集』はくだらぬ集に之れ有り候。その貫之や『古今集』を崇拝するは誠に気の知れぬことなどと申すものの、実はかく申す生も数年前までは『古今集』崇拝の一人にて候ひしかば、今の世人が『古今集』を崇拝する気味合はよく存じ申し候。

正岡子規「再び歌よみに与ふる書」

そして、『古今集』の巻頭の歌を、「実に呆れ返つた無趣味の歌に之れ有り候」と批判する。これは子規の読み方だが、子規に限らず継承されて今あるものを批判することで、近代になって和歌のパラダイムシフトが起こり、それによって旧と新を融合しながら短歌が現在まで続いているといえるだろう。そして、近代が生み出した擬古文風の文体や、個としての現実の作者を中心とした作歌行為は、もちろんそれとは異なったものを生み出して評価を受けながらも、短歌の一つの基本的な形として継承された。

しかし、二十世紀の終盤から二十一世紀にかけて、俵万智の『サラダ記念日』の浸透などに見られる口語体や会話体発想や、情報革命による伝達方法や主体の変容などが、短歌に大きな変化をもたらしている。それは世代間の差異を伴いながら、多様な価値が行き交い、短歌を刷新するとともに、短歌全体を見渡した批評を難しくしている。

定型と継承によるところの多かった時代には、ある規範や基準が批評の基にあり、それへの反発や対立も一つの価値として包含しながら、ある全体の共有性が見通せる（と考える幻想）もあったが、一本の進化として短歌の歴史を考えることが難しくなっている。文語の時代なら、一定の文法的規範が想定でき、また定型を守りながらそれに沿った造型ができ、添削や選歌が可能であったろう。しかし、口語発想で自由に形が広がると、そこにはさまざまな作り方や読み方が可能になり、ＩＴの時代になると、人間と機械の線引き、作者と他者との関係の認識も難しくなる可能性がある。一首を通して、その作者の生き方や世界観といったものを問うことが忌避され、一首には多様な解釈や理解が可能になり、そこに一つの答え、正解といったものは求めがたくなっているといえよう。

しかし、それは批評にとっては刺激的な時代ということもできよう。絶対的な価値の喪失や価値の相対化は、逆に条理や基準による批評を求める心性をも生むが、むしろ多様な歌を作ることと読むこととの相互性の中から、あらためて短歌とは何か、ということを各自が考えることが求められよう。偶然や思いつきから創造や革新が生まれることもあるであろうし、歴史的探索や積み重ねから新たな世界が生み出されることもあろう。

これから短歌を作ろうとする人は、短歌を読み、短歌を作り、習得することで、いままでには経験したことのないたくさんのものを得ていくことができるだろう。選歌や添削、コンクールへの投稿は、自らの短歌に対する批評を受けることであり、また歌の批評をすることは自らの鑑識眼を鍛える。またその形式自体に反発する人は、形式に改変を加え、新しいものを作り出していくこととなろう。「短歌」が何であるか、ということを見定めていくことは難しいが、一定の形を持って歴史を蓄積してきた短歌は、そこからさまざまなものを引き出し、またそれに何かを加えていくことができる器としてあるだろう。そのためにも、短歌の可能性を引き出す批評が、一首の上にも、また短歌界全体の上にも、今日なされる必要があろう。

近代空間のなかの短歌

ネット空間のなかの短歌

小島なお

「#tanka」でX（旧ツイッター）に検索をかけると、たちまちタイムラインは五七五七七の言葉で埋め尽くされる。テキストのみのもの、イラストや写真が添えてあるもの、下句を考える大喜利方式になっているもの、自動で作品をポスト（旧ツイート）する有名歌人botなど、あらゆる短歌をどこでも手軽に目にすることができる。なかにはリポストの数やいいねの数が何万にものぼるものもあり、以前は歌集や専門誌でしか読むことのできなかった短歌が、インターネットやSNSの登場によってあたらしい読者を獲得しつつあるのを感じる。ここ一、二年は短歌ブームとも言われ、売り上げ部数一万部を超える歌集が出てきたり、メディアで短歌の特集が組まれたりすることもめずらしくない。

本格的にインターネットの普及がはじまったと言われる一九九五年のWindows95の登場から約三十年。インターネットのなかの短歌もさまざまに変化してきた。

雑誌「短歌ヴァーサス」と歌葉新人賞

二〇〇〇年代以降の短歌を振り返るとき、雑誌「短歌ヴァーサス」（風媒社）と歌葉《うたのは》新人賞の存在を抜きに語ることは難しい。短歌ニューウェーブと呼ばれる新しい表現を目指した文学運動の渦中にいた歌人の荻原裕幸が責任編集を務めた季刊（実際には不定期刊行）の短歌雑誌である。二〇〇三年五月に一号が刊行され、二〇〇七年十月の十一号で終刊となった。大手の総合誌では取り上げられてこなかった歌人やテーマにフォーカスし、六号では「ネット短歌はだめなのか？」という特集を組んで短歌のあらたな〈場〉の可能性を問い直している。

「短歌ヴァーサス」と連動していたのが、歌葉新人賞である。荻原と同じく短歌ニューウェーブ運動の中心人物のひとりである加藤治郎が立ち上げたオンデマンドの歌集レーベル「歌葉」の窓口を広げるために創設されたもので、五度実施されている。郵送ではなくウェブサイトから応募を受け付け、選考過程はインターネット上の掲示板で公開された。選考委員は荻原、加藤、穂村弘。歌葉新人賞の成果のひとつとして受賞者だけでなく、候補作のなかからも新しい才能を多数見いだしたことがあげられる。

雨の県道あるいてゆけばなんでしょうぶちまけられてこれはのり弁

斉藤斎藤『渡辺のわたし』

「はなびら」と点字をなぞる　ああ、これは桜の可能性が大きい
笹井宏之『えーえんとくちから』

目がさめるだけでうれしい　人間がつくったものでは空港がすき
雪舟えま『たんぽるぽる』

夏の井戸（それから彼と彼女にはしあわせな日はあまりなかった）
我妻俊樹『カメラは光ることをやめて触った』

あの青い電車にもしもぶつかればはね飛ばされたりするんだろうな
永井祐『日本の中でたのしく暮らす』

斉藤斎藤は第二回、笹井宏之は第四回の受賞者。そのほか引用したのはみな候補作に選ばれた作者であり、現代短歌のシーンを作ってきた顔ぶれである。いずれも口語文体が採用され、その作者あるいは主体像、詩情のありようは当時の歌壇に新鮮な感覚をもたらした。また二〇一九年には、二十六歳で夭逝した笹井宏之の没後十年に合わせて書肆《しょし》侃侃房《かんかんぼう》が新人賞「笹井宏之賞」を創設したことにも、歌葉新人賞の意義が思われる。

作品投稿サイト

インターネットの普及とともに各媒体への作品投稿の方法が従来の郵送にくわえて、フォームからのウェブ投稿が設けられるようになり急速に広がっていった。たとえば、NHKラジオ第一で放送されていた『土曜の夜はケータイ短歌』（二〇〇五年四月—二〇〇八年三月）、『夜はぷちぷちケータイ短歌』（二〇〇八年四月—二〇一二年四月）では、テーマに基づいた短歌をリスナーに募り、番組サイトからネット投稿してもらう形をとっていた。新聞の歌壇欄などへは葉書での投稿が一般的だったために、作者は本名を記名することが多かったが、ネット投稿の場合は携帯電話やパソコンからの投稿となるため、ハンドルネームのような感覚で個性的なペンネームを使って投稿する作者が増えてきたのもこの頃だろう。

・うたの日

現在、さまざまな短歌投稿サイトが存在しているが、利用者数が多く活発に運営されているのが二〇一四年にスタートした「うたの日」だろう。会員登録なしでいつでもオンライン歌会に参加することのできるウェブサービスで、使い方もシンプルでわかりやすい。あらかじめ題が出題され、期限の時間までに短歌を投稿する。期限を過ぎたら、好きな作品に投票したり、コメントを付ける時間となる。投票やコメントは任意で、投票できるのは一日一首まで。時間が来ればすぐに結果が発表されるのも特徴。首席となった作品には薔薇《ばら》の画像が付され、ユーザー内では「薔薇が咲いた」と呼ぶなど、ゲーム性があるのも魅力である。

・口語詩句投稿サイト72h

公益財団法人佐々木泰樹育英会が主催している口語詩句の投稿サイト。「学術若しくは文化の進歩又は公正かつ自由な経済活動の確保について優れた考え方を持つ者に対する奨学金の給付及び助成を行い、もって社会の発展に寄与すること」を目的として、年間賞である口語詩句賞のほかに学生を対象とした受賞者への奨学金制度を設けている。口語であること、六文字以上三十五文字以内であればどんな作品でも可というめずらしい募集条件ゆえか、二十代を中心に幅広い作者からの投稿がある。詩人、俳人、歌人の八名（林桂、西躰かずよし、暮田真名、高橋修宏、龍秀美、杉本真維子、立花開、小島なお）が選者になっており、毎月各選者に佳作として選ばれたもののなかから十作品程度に選評が付けられる。

鑑賞、批評の場

インターネットという場が生まれたことで作品を投稿し、閲覧できる機会は格段に増えた。そしてそれは作品だけの話ではなく、作品批評の場もまた拡大しつつある。以前は、批評を学ぶためには歌会の場での先輩の発言を聞いたりすることが主だったが、鑑賞の場としてのサイトがいくつも登場したことで、良質な批評に容易に触れることができるようになった。

・**トナカイ語研究日誌〈現代歌人ファイル〉**

歌人・山田航のブログ「トナカイ語研究日誌」のなかで、二百人を超える歌人を「現代歌人ファイル」という記事で取り上げている。論作両面で実績のある山田ならではの歌人の解説や作品の特徴の摑《つか》み方が的確で、歌人の全体像を知りたいときの参考になる。

・**橄欖追放**

言語学者・東郷雄二のウェブサイト「橄欖《かんらん》追放」において、二〇〇八年四月から現在まで月二回の頻度で短歌コラムが更新されている。毎回一冊の歌集あるいは新人賞などのトピックが取り上げられる。東郷自身は作者ではないが、短歌への造詣が深く、内容、韻律、文体にまで細やかな目配せのある緻密な鑑賞に定評がある。

・日々のクオリア

砂子屋書房のウェブサイトで更新されている一首鑑賞。一月一日から十二月三十一日まで毎日、その年の担当歌人二人が交互に評を担当している。古典和歌から最新歌集収載のものまで取り上げる作品に縛りがないので、担当歌人の選の個性を味わえる。一首評の場なので、一首をかなり深くまで掘り下げた鑑賞であるのも特徴。

現代版〈読み人居らず〉

・星野しずる

バーチャル歌人・星野しずるは二〇〇八年にデビューした。彼女の凄《すご》さはその作歌スピードと量だ。Xのアカウント（@Sizzlitter）には、ずらりと短歌が並び、脇に「63613」などと番号が振られている。おそらくX上でポストした歌数の総数なのだろう。ざっと一日四十首を超える計算になる。残念ながら現在は更新がストップしており、最後の更新は二〇一四年二月になっている。

草原を守って冬の残像を飛び越えてゆけ　真っ白な死者　　星野しずる

抽象的な表現でやや難解に感じられる短歌だが、そういった印象がかえって本物の歌人らしさにも感じられて、星野しずる作だと言われなければ正直わからない。

　バーチャル歌人と言っても、向こう側に人がいるわけではなく、彼女はあらかじめ登録されている語彙を指示に従ってランダムに並べる短歌自動生成スクリプトで運用されている。生みの親は歌人であり電子歌集、句集の企画構成などを手がける佐々木あらら。

　短歌を読むとき、私たちはそこに書かれていることと、そこに書かれていないことを同時に想像する。飛躍した言葉と言葉のあいだに横たわるものを想像し、補った上で一首を解釈、鑑賞することになる。そうした短歌の生理を逆手にとった星野しずるは現在のＡＩ短歌やChatGPTの先駆け的な存在だったと言える。

・偶然短歌

「偶然短歌」は膨大なWikipediaの記述の中から、五七五七七の音数のフレーズを抜き出してポストするbotのこと。いなにわ（Xアカウント@inaniwa3）によって二〇一五年から運用されており、五・七・五・七・七時間ごとにポストされる仕組みになっている。三十一音のフレーズを解析ツールで抽出するだけでなく、抽出したものから意味をなさないものを外すように調整。さらにはWikipedia内に載っている本物の短歌を手動で弾《はじ》く、という手間を経て生まれた偶然の短歌は、意外にも詩的な味わいがあるものが多い。

フクロウが鳴くと明日は晴れるので洗濯物を干せという意味

ウィキペディア日本語版「フクロウ」より

その直後、直子は部屋を引き払い、僕の前から姿を消した

ウィキペディア日本語版「ノルウェイの森」より

AIの作る短歌

・短歌AI×俵万智

二〇二三年七月、朝日新聞社が短歌を生成する短歌ＡＩを作ったというニュースが流れた。開発者は朝日新聞社メディア研究開発センター員の浦川通。過去には短歌研究新人賞最終選考を通過した実作者でもある。この短歌ＡＩは言語によって表現された「入力」から、その続きの「出力」を生成する言語モデルで、入力した内容の続きを短歌定型に沿って書いてくれる。Wikipediaから定型を満たす文章を自動で抽出し、それらを学習データとしているとのこと。記事内では、歌人の俵万智が実際に短歌ＡＩを使う様子が取材されている。

二週間前に赤本注文す　＋　さきに青本注文すすむ

大学生の息子の親を思わせる上句は俵が入力したもので、下句は短歌ＡＩが上句を受けて出力したもの。赤本も青本もどちらも大学入試の過去問題集であるが、赤と青の色彩の対比と注文受付スピードの遅速の対比が読みどころになっている。さらには俵万智の全六冊の歌集から、二千三百六十八首をデータ化し短歌ＡＩに学習させたモデル「万智さんＡＩ」も登場する。

二週間前に赤本注文す　＋　この本のこときっと息子は

これは「万智さんＡＩ」に同じ上句を入力したもの。家族が出てくる展開とやわらかな文体に俵万智らしさが演出されている。しかも、一・一秒間で百首のバリエーションを提示してくれるというから驚く。短歌ＡＩの特性として「入力に与えられた言葉の表現する文脈を考慮しながら、三十一文字のテキスト＝短歌を生成することができる」ことが挙げられる。言い換えれば、多くの歌人の悩みどころでもある表現の飛躍をどう作るか、という課題も今後ＡＩが乗り越えられる可能性があるということだろう。

雑誌「短歌研究」二〇二三年八月号では特集「ＡＩ短歌の時代に備えよ。」が組まれ、座談会「多角度分析＝ＡＩは短歌の敵か味方か」や史上初の「ChatGPT 歌会」が開催され、ＡＩと創作との今後の付き合い方が模索されている。

【コラム】短歌の笑い

小島なお

「お笑い」という言葉やジャンルがあるように、笑うことは私たちの日々の営みであり、文化である。古代の短歌はコミュニケーションのためのツールという側面を持っていた。好きな人に思いを伝えたり、決まった題を詠みこんでライバルと競い合ったり。なかでも宴会の席で場を盛りあげるための短歌は、短歌の「笑い」のシーンをにぎやかに伝えてくれる。

『万葉集』の宴会歌

家に有る櫃《ひつ》に鏁《かぎ》さし収《をさ》めてし恋の奴《やつこ》がつかみかかりて（16・三八一六）　穂積皇子《ほづみのみこ》

家にある櫃（蓋が上に開く大形の箱）に鍵を掛けてしまい込んでおいた恋の奴めが、つかみかかってきて。『万葉集』巻十六収載。左注があり「穂積皇子が宴会の日、酒盛りがたけなわになった時に、よくこの歌を吟誦《ぎんしょう》してもてあそびの種とされていた」とのこと。要するに宴会における穂積皇子の十八番なのだ。「恋の奴」が「頭をもたげる」でもなく「忍び寄る」でもなく「つかみかかりて」くるのだから、相当なこと。鍵を掛けてあったのはどうしたのだろう。この歌が「もてあそびの種」となったのは、内容がただ面白いというだけではない。穂積皇子は昔、時の太政大臣《だいじょうだいじん》で義兄である高市皇子《たけちのみこ》の妻妾《さいしょう》、但馬皇女《たじまのひめみこ》との不倫が発覚して世を騒がせた。そのスキャンダルを思い起こさせるからこそ、宴会はおおいに沸いたはず。もう時効だよね、と開き直りつつ、かすかに切ない思いを胸に抱く穂積皇子がここにはいる。

現代短歌の笑い　無職とすばらしい俺と

近代以降、短歌はより個人的な〈私〉を詠《うた》うことが中心になった。コミュニケーションとしての役割は薄れ、誰にともなく呟《つぶや》くような、自らへ言い聞かせるような、相手のいない対話の断片のような短歌が主流になってゆく。自らを見つめる自己客体化が進むにしたがって、おのずと「笑い」の質も変容してゆくことに。

毎日のように手紙は来るけれどあなた以外の人からである
　　枡野浩一『毎日のように手紙は来るけれどあなた以外の人からである』

「天国に行くよ」と兄が猫に言う　無職は本当に黙ってて　山川藍『いらっしゃい』

膝蹴りを暗い野原で受けている世界で一番すばらしい俺

工藤吉生『世界で一番すばらしい俺』

上坂あゆ美『老人ホームで死ぬほどモテたい』

ばあちゃんの骨のつまみ方燃やし方　YouTuberに教えてもらう

本当に欲しいものは手に入れられない日々。天国という生ぬるい概念の言葉では太刀打ちできない現実世界を生きるための雇用。一周どころか何周も回ったすえの逆張りの自己肯定感。生老病死すべてをYouTuberからの無料の知恵に頼る日常。

ここにはおおらかな古代とは違う「笑い」のありようを見て取れる。「笑い」の背後には社会への皮肉や自虐的な要素が混じり、脳天気に笑ってはいられない。ほくそ笑んだり、引きつり笑いをしたり、切なく笑ったり、「笑い」もその時代とともに多様化し、複雑化してきている。

【番外編】ハナモゲラ短歌

一九七〇年代半ばから一九八〇年代初頭にかけて「ハナモゲラ語」が流行した。ハナモゲラ語とは、ジャズ・ピアニスト山下洋輔さん周辺のミュージシャンや文化人の間で流行した一種の言葉遊びである。デビュー当時のタモリさんの持ちネタとしても有名だが、そのなかに「ハナモゲラ和歌」があった。

笹公人『ハナモゲラ和歌の誘惑』（小学館）

みじかびのきゃぷりきとればすぎちょびれすぎかきすらのはっぱふみふみ

大橋巨泉

一九六九年に万年筆のコマーシャルで一世を風靡《ふうび》したこの歌を、「ハナモゲラ和歌の元祖」と歌人の笹公人は位置づけている。ハナモゲラの特徴のひとつとして「初めて日本語を聞いた外国人の耳に聞こえる日本語の物真似」が挙げられる。よく見ていくと「短い」「キャップ」「取れば」「書き」など、万年筆にまつわる単語を拾うことができる。「ちょびれ」「すら」などは、たぶんインクの滴りやなめらかな書き心地のオノマトペだろう。そして最後の「葉っぱ踏み踏み」はもしかして「文」の掛詞《かけことば》……？

教科書のなかの短歌

西　一夫

はじめに――学習指導要領に見る短歌

学校教育において短歌はどのように扱われてきたのか、また扱われているのか。そうした現状は国語科の教科書を見なければ、その実態を知ることはできない。平成二十九年の小学校・中学校の学習指導要領の改定と翌年の高等学校のそれでは、〔知識及び技能〕に（3）「我が国の言語文化に関する事項」が設けられたなかに「伝統的な言語文化」が位置付けられている。これは平成二十年の改定において「伝統的な言語文化と言葉の使い方や特徴に関する事項」に「伝統的な言語文化」が位置付けられたのを継承している。

学習指導要領の指導事項で短歌が明示的に扱われているのは次の項目にとどまる。

易しい文語調の短歌や俳句を音読したり暗唱したりするなどして、言葉の響きやリズムに親しむこと。（小学校・第3学年及び第4学年・（3）ア）

また「短歌」の語は小学校の指導事項で取り上げられるにとどまるけれども、「和歌・詩歌」も含めて言語活動例にも範囲を広げると、その多彩で具体的な活動が例示されている。

短歌や俳句をつくるなど、感じたことや想像したことを書く活動。
（小学校・第5学年及び第6学年・B書くこと・イ）

短歌や俳句、物語を創作するなど、感じたことや想像したことを書く活動。
（中学校・第2学年・B書くこと・ウ）

詩歌や小説などを読み、引用して解説したり、考えたことなどを伝え合ったりする活動。
（中学校・第2学年・C読むこと・イ）

詩歌や小説などを読み、批評したり、考えたことなどを伝え合ったりする活動。
（中学校・第3学年・C読むこと・イ）

本歌取りや折句などを用いて、感じたことや発見したことを短歌や俳句で表したり、伝統行事や風物詩などの文化に関する題材を選んで、随筆などを書いたりする活動。
（高等学校・言語文化・書くこと・ア）

和歌や俳句などを読み、書き換えたり外国語に訳したりすることなどを通して互いの解釈の違いについて話し合ったり、テーマを立ててまとめたりする活動。

（高等学校・言語文化・読むこと・エ）

古典から受け継がれてきた詩歌や芸能の題材、内容、表現の技法などについて調べ、その成果を発表したり文章にまとめたりする活動。

（高等学校・言語文化・読むこと・オ）

古典を読み、その語彙や表現の技法などを参考にして、和歌や俳諧、漢詩を創作したり、体験したことや感じたことを文語で書いたりする活動。

（高等学校・古典探究・読むこと・ウ）

これらの指導事項を実現したり、言語活動例を展開したりするために、さまざまな作品が教材化されている。そうした教科書の採録実態と特徴とを校種ごとに概観したい。

小学校教科書のなかの短歌

第3学年及び第4学年の「伝統的な言語文化」の指導事項に短歌を用いることが明示されており、検定教科書には次のような短歌が採録されている。

【2東書・国語402】『百人一首』10首（2・4・5・7・15・33・35・69・79・81）

【11学図・国語403】『百人一首』9首（4・7・15・28・31・33・73・87・98）

【17教出・国語405】4首（仮名遣い・ルビは教科書のまま）

①春すぎて夏来《き》たるらし白たえの衣《ころも》ほしたり天《あめ》の香具山《かぐやま》（持統天皇）

②秋来《き》ぬと目にはさやかに見えねども風の音にぞおどろかれぬる（藤原敏行）

③見わたせば花ももみじもなかりけり浦《うら》の苫屋《とまや》の秋の夕ぐれ（藤原定家）

④かすみたつ長き春日《はるひ》に子どもらと手まりつきつつこの日くらしつ（良寛）

出典は明示されていないけれども、①－③は三大集（『万葉集』『古今和歌集』『新古今和歌集』）、④は良寛の歌集であろう。

【38光村・国語308】（①－④）・【38光村・国語407】（⑤－⑦）7首（仮名遣い・ルビは教科書のまま）

①むしのねも　のこりすくなに　なりにけり　よなよなかぜの　さむくしなれば（良寛）

②秋来《き》ぬと目にはさやかにみえねども風の音にぞおどろかれぬる（藤原敏行）

③奥《おく》山に紅葉《もみじ》踏《ふ》み分け鳴く鹿《しか》の声聞く時ぞ秋は悲しき（猿丸大夫）

④天《あま》の原振《はら》りさけ見れば春日《かすが》なる三笠《みかさ》の山に出《い》でし月かも（安倍仲麿）

⑤石走《いわばし》る垂水《たるみ》の上のさわらびの萌《も》え出《い》づる春になりにけるかも（志貴皇子）
⑥君がため春の野に出《い》でて若菜《わかな》摘《つ》む我《わ》が衣手《ころもで》に雪は降《ふ》りつつ（光孝天皇）
⑦見渡《わた》せば柳桜《やなぎさくら》をこきまぜて都ぞ春の錦《にしき》なりける（素性法師）

【17教出・国405】に同じく特定の歌集から採録するのではなく、①は歌集、②・⑦は『古今集』、③・④・⑥は『百人一首』、⑤は『万葉集』であろう。

教材の目的は音読して言葉の調子や響きを楽しむことにある。そのため全社すべての教材に現代語訳が付されている。

また創作に関わる書く活動にも短歌が活用されている（【38光村・国語607】）。

たのしみは妻子《めこ》むつまじくうちつどひ《（い）》頭《かしら》ならべて物をくふ《（う）》時
たのしみは朝おきいでて昨日まで無かりし花の咲《さ》ける見る時

江戸時代の歌人橘曙覧《たちばなあけみ》の短歌2首が紹介されて「たのしみは」で始まり「時」で結ぶ短歌の創作活動が設定されている。

中学校教科書のなかの短歌

中学校では全4社が第3学年で取り上げており、三大集によって単元を構成している。歌集別の採録数は、『万葉集』19首、『古今集』10首、『新古今集』7首である。小学校の教材との比較はできないけれども、高等学校必履修科目「言語文化」と比較してみると、中学校の教科書のみに採録されるのは10首（『万葉集』7首（①-⑦）、『古今集』2首（⑧・⑨）、『新古今集』1首（⑩））である。これらを一覧すれば以下の通り。

①あしひきの山のしづくに妹《いも》待つと我《あれ》立ち濡れぬ山のしづくに（2・一〇七、大津皇子）
②我《あ》を待つと君が濡れけむあしひきの山のしづくにならましものを（2・一〇八、石川郎女）
③君待つと我《あ》が恋ひ居《を》れば我《わ》が屋戸《やど》の簾《すだれ》動かし秋の風吹く（4・四八八、額田王）
④春の野にすみれ摘《つ》みにと来《こ》し我《われ》そ野をなつかしみ一夜《ひとよ》寝《ね》にける（8・一四二四、山部赤人）
⑤信濃路《しなぬぢ》は今の墾《は》り道刈《みちか》りばねに足踏《ふ》ましむな沓履《くつは》け我《わ》が背《せ》（14・三三九九、東歌）
⑥春の野に霞《かすみ》たなびきうら悲《がな》しこの夕影《ゆふかげ》にうぐひす鳴くも（19・四二九〇、大伴家持）
⑦新《あたら》しき年の初めの初春《はつはる》の今日《けふ》降る雪のいやしけ吉事《よごと》（20・四五一六、大伴家持）
⑧人はいさ心も知らずふるさとは花ぞむかしの香《か》ににほひける（春上・四二、紀貫之）

⑨うたたねに恋しき人を見てしより夢てふものは頼《たの》みそめてき
（恋二・五五三、小野小町）
⑩道《みち》の辺《へ》に清《し》水《みず》流《なが》るる柳かげしばしとてこそ立ち止《ど》まりつれ（夏・二六二、西行法師）

複数教科書の採録を総合した結果であるから、それぞれの特徴をあきらかにするものではない。ただし、大まかな傾向として次のような点が指摘できるだろう。まず贈答あるいは唱和の作品が採録され、表現の対応などを意識できる（『万葉集』）。叙景を中心とする作品が教材化されており、詠まれる内容も比較的理解しやすい（全体）。

次に多くの生徒が出会う教材として3社が共通して採録する作品7首を概観する。

①君待つと我《あ》が恋ひ居《を》れば我《わ》が屋戸《やど》の簾《すだれ》動かし秋の風吹く（4・四八八、額田王）
②瓜《うり》食《は》めば子ども思《おも》ほゆ　栗《くり》食めばまして偲《しぬ》はゆ　いづくより来《きた》りしものそ　まなかひにもとなかかりて　安《やす》眠《い》しなさぬ（5・八〇二、山上憶良）
③銀《しろがね》も金《しがね》も玉もなにせむに優《まさ》れる宝子《たからこ》に及《し》かめやも（5・八〇三、山上憶良）
④多《た》摩《ま》川《がは》にさらす手《て》作《づく》りさらさらになにそこの児《こ》のここだかなしき
（14・三三七三、東歌）
⑤父母《ちちはは》が頭《かしら》かき撫《な》で幸《さ》くあれて言《い》ひし言葉《けとば》ぜわすれかねつる

⑥思ひつつ寝《ぬ》ればや人の見えつらむ夢と知りせば覚《さ》めざらましを

（20・四三四六、防人歌）

⑦玉の緒《を》よ絶《た》えなば絶えね長らへば忍《しの》ぶることの弱りもぞする

（恋二・五五二、小野小町）

（恋一・一〇三四、式子内親王）

『万葉集』5首（①－⑤）、『古今集』1首（⑥）、『新古今集』1首（⑦）である。『新古今集』の「玉の緒よ」は全社が採録する教材であって、『百人一首』にも採られており、親しみのある作品と言える。また、『古今集』・『新古今集』の作品はいずれも恋歌という類別の共通性がある。万葉集では長歌を採録する傾向があり、憶良の当該作品（八〇二）か山部赤人の富士山の歌（三一七）がこれに当たる。加えて東歌《あずまうた》・防人歌《さきもりのうた》も必ず採録対象となる。東歌の「多摩川に」は同音反復による序詞《じょことば》が用いられていることから音読に適した教材である。防人歌では方言のような表現に気付くのみならず、憶良の作品と併せて子どもや家族が詠まれている点も特徴的である。

高等学校教科書のなかの短歌――必履修科目「言語文化」の教材

高等学校の教科書は、小学校・中学校とは異なり出版社によって複数冊を作成する場合がある。必履修科目「言語文化」は９社17冊の教科書が作成されている。９社の中で複数の教科書を作成しているのは５社（13冊）である。

「言語文化」でも中学校と同様に詩歌の単元があり、三大集を基本として教材化が行われている。例外として、【15三省堂・言文704】が『百人一首』を採録し、【117明治・言文711】が『後拾遺集』（雑六・一一六二、和泉式部）を教材化している。また、三大集を解体してテーマ別に再編成している教科書も５冊（言文705・706・710・715・716）あり、編集方法にも多様化が見られる。「言語文化」に採録される作品数を歌集別で示せば、『万葉集』36首、『古今集』33首、『新古今集』32首、『後拾遺集』１首となる。歌集ごとの偏重は中学校教科書ほどではないけれども、１冊でも採録すれば計上されているので、多くの生徒が出会うかは別の問題となる。

これらの中で、４社以上が採録する作品を一覧すれば、次のようになる。

①あかねさす紫野行《むらさきのゆ》き標野《しめの》行《ゆ》き野守《のもり》は見ずや君が袖《そで》振る　（１・二〇、額田王）

②紫草《むらさき》のにほへる妹《いも》を憎くあらば人妻故《ひとづまゆゑ》に我《あれ》恋ひめやも　（１・二一、大海人皇子）

③近江《あふみ》の海夕波千鳥汝《ゆふなみちどりな》が鳴けば心もしのに古《いにしへ》思《おも》ほゆ　（３・二六六、柿本人麻呂）

④天地《あめつち》の分《わか》かれし時ゆ　神《かむ》さびて高く貴《たふと》き　駿河《するが》なる富士《ふじ》の高嶺《たかね》を　天《あま》の原振《はらふ》り放《さ》け
見れば　渡る日の影も隠《かく》らひ　照る月の光も見えず　白雲《しらくも》もい行《ゆ》きはばかり　時じ

くそ雪は降りける　語り継《つ》ぎ言ひ継ぎゆかむ　富士の高嶺は
（3・三一七、山部赤人）

⑤田子《たご》の浦ゆ打ち出《い》でて見れば真白《ましろ》にそ富士の高嶺に雪は降りける
（3・三一八、山部赤人）

⑥憶良《おくら》等《ら》は今はまからむ子泣くらむ其《そ》れその母も我《あ》を待つらむそ
（3・三三七、山上憶良）

⑦多摩川《たまがは》にさらす手作《てづく》りさらさらになにそこの児《こ》のここだかなしき
（14・三三七三、東歌）

⑧春の苑《その》　紅《くれなゐ》にほふ桃の花下照《したで》る道に出《い》で立つ娘子《をとめ》
（19・四一三九、大伴家持）

⑨うらうらに照れる春日《はるひ》にひばり上《あ》がり心悲《こころがな》しもひとりし思《おも》へば
（19・四二九二、大伴家持）

⑩父母《ちちはは》が頭《かしら》かき撫《な》で幸《さ》くあれて言《い》ひし言葉《けとば》ぜわすれかねつる
（20・四三四六、防人歌）

⑪袖《そで》ひちてむすびし水の凍《こほ》れるを春たつ今日《けふ》の風やとくらむ
（春上・二、紀貫之）

⑫世の中に絶《た》えて桜のなかりせば春の心はのどけからまし
（春上・五三、在原業平）

⑬五月《さつき》待つ花橘《はなたちばな》の香《か》をかげば昔の人の袖の香ぞする
（夏・一三九、詠み人知らず）

⑭秋来《き》ぬと目にはさやかに見えねども風の音にぞおどろかれぬる

（秋上・一六九、藤原敏行）

⑮山里は冬ぞさびしさまさりける人目《ひとめ》も草もかれぬと思へば　（冬・三一五、源宗于）

⑯雪降《ふ》れば木《き》毎《ごと》に花ぞ咲きにけるいづれを梅とわきて折らまし（冬・三三七、紀友則）

⑰思ひつつ寝《ね》ればや人の見えつらむ夢と知りせば覚《さ》めざらましを

（恋二・五五二、小野小町）

⑱見渡《わた》せば山もと霞《かす》む水無瀬《みなせ》川《がは》夕《ゆふ》べは秋となに思《おも》ひけむ　（春上・三六、後鳥羽院）

⑲昔《むかし》　思《おも》ふ草の庵《いほり》の夜《よる》の雨に涙な添《そ》へそ山ほととぎす　（夏・二〇一、藤原俊成）

⑳寂《さび》しさはその色としもなかりけり槙立《まきた》つ山の秋の夕暮れ　（秋上・三六一、寂蓮法師）

㉑心なき身にもあはれは知られけり鴫立《しぎた》つ沢の秋の夕暮れ　（秋上・三六二、西行法師）

㉒見渡《わた》せば花も紅葉《もみぢ》もなかりけり浦《うら》の苫屋《とまや》の秋の夕暮れ　（秋上・三六三、藤原定家）

㉓志賀《しが》の浦や遠ざかり行く波間《なみま》より氷りて出《い》づる有明の月　（冬・六三九、藤原家隆）

㉔玉の緒《を》よ絶《た》えなば絶えね長らへば忍《しの》ぶることの弱りもぞする

（恋一・一〇三四、式子内親王）

『万葉集』10首（①－⑩）、『古今集』7首（⑪－⑰）、『新古今集』7首（⑱－㉔）の24首となる。これらは言語文化の和歌教材を代表すると言ってもよい作品である。特徴的な点としては、『古今集』・『新古今集』では四季と恋の作品が教材化されている、『万葉集』では代表的な歌人の作品と東歌・防人歌とが取り上げられていることであろう。前者では王朝和歌の基本主題を代表的な作品で教材化していると考えられ、後者は『万葉集』の通史的な要素が感じられる。いずれにしても秀歌鑑賞という要素があることは共通する。

教材の特徴として指摘できることは、全体として叙景の作品が多い傾向は中学校の状況と変わらないけれども、より抽象的な表現や屈折した心情を詠んだ作品が教材化されていると言えるだろう。また『万葉集』の東歌や防人歌を除けば作者が明らかな作品が教材化されている点も共通している。例外となるのは、『古今集』の「五月待《さつきま》つ花橘《はなたちばな》の香《か》をかげば昔の人の袖の香ぞする」（夏・一三九）と「ほととぎす鳴くや五月《さつき》の菖蒲草《あやめぐさ》あやめも知らぬ恋もするかな」（恋一・四六九）の二首に限られる。

教科書のなかの短歌——その価値

中学校と高等学校「言語文化」とで出会う教材は111首にのぼる。音読による学習活動を中心に、季節の美しさや恋の切なさなどを表現した豊饒《ほうじょう》な世界に迫りたい。そのような活動成果の一端として、言語活動を活《い》かした短歌創作や鑑賞活動が活発化している。さまざまな学習活動を通して短歌と出会い、親しみ楽しむことが求められている。

祭礼のなかの短歌

太田真理

この章のお題は「祭礼のなかの短歌」なのだが、現在、祭礼において奉納されている歌は「和歌」とよばれることが多い。はじめにこの用語について考えておきたい。「短歌」とは、そもそも『万葉集』などにおいて、いわゆる短歌形式（五・七・五・七・七の三十一音）の歌をさす。長歌（五・七の句を繰り返し詠む形式）や旋頭歌《せどうか》（五・七・七を二度繰り返す形式）などとならんで歌の一つの形式を表した名称であった。平安時代に入ると短歌形式が歌作りの中心となり、それが「漢詩（からうた）」に対する「和歌（やまとうた）」の形式として確立した。和歌と言えばすなわち短歌なのであった。やがて明治時代に入ると、和歌は古風な文芸だと認識され、個人の心の表象としての近代的な短詩型文芸を「近代短歌」「短歌」と捉えるようになった。こうした流れの中で現在では、祭礼など伝統的な場で用いられる歌を「和歌」、個人の作品としての歌を「短歌」とよぶといった区別がみられるといってよい。そして「歌」は両者を包括するような意味で用いられる。

この章で場面に応じてこれらの用語を使い分けているのには、このような背景がある。

さて、祭礼の始源をたどっていくと『古事記』天《あめ》の石屋《いわや》の場面にさかのぼる。石屋に籠《こ》もった天照大御神《あまてらすおおみかみ》の心を慰めるべく高天原《たかあまのはら》の神々が集って歌舞を捧《ささ》げた。そのなかに天児屋命《あめのこやのみこと》が「ふと詔戸言禱《のりとごとほ》き白《まを》して」とあることに注目したい。神を祀《まつ》るにふさわしい、特別の言葉である尊い祝詞《のりと》を口頭で申し上げたというのである。これに始まり日本では古代より神を招く祭礼において神前で歌や舞を捧げて神の心を慰めることが行われてきた。これを「神遊《かみあそ》び」ともいう。神に捧げる歌を「奉納和歌」というが、これについては「我が国の神は和歌を賞美するという信仰にもとづき、神に歌を奉納して加護を祈念しようとして詠んだ和歌」と説明される[1]。

南北朝時代中期に成立したとされる、各地の神社縁起を集めた説話集であり神道書でもある『神道集《しんとうしゅう》』には神と和歌の関係について、

問、神明《しんめい》は詠歌を納受し玉《たまふ》とすと云ふ事をば、いかが意得《こころう》べきか。
答、和歌は是《これ》我が朝の風俗、神社・仏陀・人倫・鬼霊、皆是を用ふ事なり、神読み、又人も読みて此《これ》を奉るに、聞《きき》て納め給ふ事なり。

とある。神が歌を受け収められるということをどのように理解したらよいかという問いに

対し、和歌は我が国のしきたりとして（中略）神が歌を詠み、人も歌を詠んで奉るとそれを聞き納めてくださるのだと述べている。また、

神明の我が国に遊び給ふには、悉《ことごとく》和歌を以て喜び給ふ事、尤《もつとも》此《かく》の如《ごと》くなるべし。

ともいう。神がわが国の神事において、まったく和歌を以《もつ》てお喜びになるということはこのようなことを言うのだと述べる[2]。

勅撰集を繙《ひもと》いてみると、最初の集である『古今和歌集』には神楽歌を中心とした「神遊びの歌」が収められているほか、『後拾遺和歌集《ごしゅういわかしゅう》』では第廿《だいにじゅう》雑六《ぞうろく》に初めて「神祇《じんぎ》」が部立として設けられた。

そこには和泉式部の次のような歌が掲載されている[3]。

男に忘《わす》られて侍《はべ》りける頃、貴布禰《きぶね》にまいりて、御手洗川《みたらしがは》に蛍の飛び侍りけるを見てよめる　和泉式部

もの思《おも》へば沢のほたるもわが身よりあくがれ出《い》づるたまかとぞ見る　（一一六二）

御返《かへ》し

奥山にたぎりておつる滝《たき》つ瀬《せ》のたまちる許《ばかり》ものな思ひそ　（一一六三）

この歌は貴舟《きぶね》の明神の御返しなり、男の声にて和泉式部が耳に聞《きこ》えけるとなんいひ伝へたる

男に忘れられてしまった恋の悩みを貴船神社の神に打ち明ける和泉式部の歌に対し、貴船明神自身が「ものな思ひそ」（そんなに物思いするな）と応えたのが式部の耳に聞こえたという言い伝えがあると左注はいう。歌を通じての神との交感を記したものといえる。本当に神の声が聞こえたかどうかという実態ではなく、そのようなことが和歌を通じてあり得ると捉えられていたことが重要なのである。

この受け応えのように神が人に向けて歌を詠む例は、現代でも身近なところにあることに気づく。わかりやすいのはおみくじ（御神籤）であろう。おみくじの中には和歌が書いてあることが多い。これは「歌占《うたうら》」を起源とするもので、吉凶や、その人の運勢・運気など、さまざまな神慮（お告げ）を和歌という形で伝えている。もちろん、普段使いの言葉でも内容は伝わるのだろうが、和歌という形をとることでその言葉は神験あらたかな特別性を感じさせる言葉として人の心に響くのだ。

平安時代以後も歌人たちは和歌を神社に奉納し、和歌を通じて神と交流してきた。『千《せん》載和歌集《ざいわかしゅう》』の撰者《せんじゃ》としても名高い藤原俊成《ふじわらのしゅんぜい》の「五社百首《ごしゃひゃくしゅ》」は、文治六年（一一九〇）に二年かけて詠んだ自詠の百首歌を、伊勢、賀茂、春日《かすが》、住吉、日吉の五社に奉納したもので

ある。また、日本全国を行脚して和歌を詠み『山家集《さんかしゅう》』を編んだ西行は、自歌合《じかあわせ》に俊成に判詞《はんし》を得た「御裳濯河歌合《みもすそがはうたあはせ》」を伊勢神宮内宮に奉納している。このように、奉納和歌は平安末期から詠まれ中世に隆盛した。

そして現代にあっても、神に和歌を捧げる伝統を受け継いでいるのが「献詠祭《けんえいさい》」である。「献詠祭」とは、和歌を詠んで神社に奉る祭礼の一つであり、全国各地の神社で行われている。いくつか例を挙げておきたい。

武蔵国一之宮《むさしのくにいちのみや》である氷川《ひかわ》神社（さいたま市大宮区）では、毎月十五日に「献詠祭」が行われている。そのいわれは、和歌の始原をたどるとき、氷川神社の御祭神である須佐之男《すさのお》命《みこと》が詠んだ「八雲《やくも》立つ出雲《いづも》八重垣《やへがき》妻籠《つまご》みに八重垣作るその八重垣を」（古事記一）に求められることにちなみ、その月ごとの季節にふさわしい兼題により和歌を献ずる献詠祭を執り行っている。献詠歌は神職および氷川神社関係の短歌会会員による和歌である[4]。

令和五年（二〇二三）十月十五日、午前九時半から行われた献詠祭を見学した。兼題《けんだい》は「林檎《りんご》」であった。時間通りに神職が本殿に献饌《けんせん》、祝詞《のりと》奏上の後、拝殿にて和歌が披講《ひこう》された。披講とは、和歌を読み上げて披露することである。祭典は約五十分で終了した。回廊からの参観であり篠突《しのつ》く雨のあいにくの天気で和歌の言葉までは聞き取れず残念であったが、披講の声が響く様子は、和歌がもともと歌うものとして生まれ、歌われることで意思や意図を伝えてきた伝統を物語るようであった。和歌を献ずるときの作法として、披講という発声による方法が重んじられることの意味をあらためて思い知らされた。

月次《つきなみ》の祭典のほかに、年に一度（ないし二度）の祭典としての献詠祭もある。その多くは例大祭に合わせ、和歌の献詠を行うものである。明治神宮（東京都渋谷区）では春と秋の大祭を奉祝し、全国から公募した短歌を神前に奉納する「献詠披講式《けんえいひこうしき》」が行われている。日本全国はもとより海外からも寄せられた献詠歌の入選作のなかから選ばれた和歌が、宮《きゅう》中《ちゅう》歌会始《うたかいはじめ》に準じた作法により神前で披講される。披講は、明治神宮宮司（読師《どくじ》）をはじめ全七名の披講役が御神前で車座になって詠じる[5]。令和五年（二〇二三）秋の大祭奉祝「献詠披講式」は、十月二十二日午前十時から行われ、拝殿には入選者が招待されていた。この回の献詠総数は二三四三首にのぼったとのことである。そのなかから、一般の特選歌一〇首、入選歌二〇首、佳作一七〇首に加え、小・中・高校生の秀逸作二九首が選ばれた。小学生らしい入選者が緊張した面持ちで家族に付き添われて歩いてきたり、友人同士とみられる女子高校生が制服姿で参列したり、長年歌を詠んできたと思《おぼ》しき人が縁ある人とともに登殿したりといった様子は、晴れやかな雰囲気を醸し出していた。回廊の外では、明治神宮という神社の立地や参拝者の特徴として、海外から訪れた多くの人々も興味深そうに祭典の様子を見守り披講に聴き入っていた。

　その日の午後は会場を参集殿に移し「献詠短歌《けんえいたんか》大会《たいかい》」が行われた。宮司の挨拶に続き、入賞歌の発表、講演会の後、入賞した献詠歌に対する選者による講評も行われた。講評は、小・中・高校生、一般の部ごとに時間をかけ一首一首丁寧に行われたのが印象的であった。歌人同士の交流の場であり、研鑽《けんさん》の場ともなっていると見受けられた。大会は自由に参観することができ、神職や選者、入選者の作品は一冊の作品集にまとめて配布されるので、興味のある人はだれでも献詠短歌の世界に触れることができる。

このような献詠祭はほかにも、

伊勢神宮　中秋の名月の夕「神宮観月会」にて短歌・俳句を披講
熱田《あつた》神宮　九月第四日曜日　一般公募の和歌を御神前に披講し、御神徳を和《なご》め奉り、併せて歌道の隆昌を祈願する
鶴岡《つるがおか》八幡宮　三月下旬　源《みなもとのさねとも》実朝公の歌一首と公募による短歌を披講

など全国の神社で行われている。こうして見てくると、献詠祭のような祭礼と和歌の結びつきが、現代において短歌という文芸の裾野を広げる機会として一役買っているのは確かである。

神事との結びつきのなかで短歌が脈々と継承されていることを述べてきたが、最後に現在の民俗のなかでこうした歌の奉納の始源の姿を表しているとも考えられる行事を紹介しておきたい。長野県北部、新潟県と境を接する小谷《おたり》村の大宮諏訪《すわ》神社に伝わる「奴唄《やっこうた》」である[6]。

奴唄は、毎年八月の最終日曜日（かつては八月二十七日に固定されていた）に行われる例

大祭で奉納される芸能の一つである。赤い頭巾に紺色の印半纏《しるしばんてん》、赤い下帯姿の奴が、裃《かみしも》姿の「警固《けいご》」を円形に取り囲み、踊りながら唄を奉納する。奴の数は一年十二月にちなんで十二人である。奴唄は毎年、長崎《ながさき》集落の氏子が合議で決める習わしである。唄は祭りの当日まで極秘とされ、宮司も村の人々も祭りで唄い上げるのを聞いて初めて知るのである。

奴唄の始まりは定かではないが、古い記録としては文化年間（一八〇四—一八年）頃にそれまでの歌をまとめて書写したものが残っているという。年代が記されたものは明治二十七年（一八九四）が最初で、以後綿々と続いている。奴唄は三首構成で、一番はその年の気候や農事の作柄などについて唄うとともに氏神様の御神徳を言祝《ことほ》ぐ。二番は村の出来事について、三番は広く国や世界の世情を唄うことになっている。時々の話題を取り入れるため、唄の記録を読み解くと当時の世相を知ることができる[7]。令和五年（二〇二三）の奴唄一番、二番は次のようなものであった。

一、卯《う》の年は
異常気象の　加速見え
少雪春の　声早く
田植え草刈り　前倒し
灼熱《しやくねつ》地獄の　熱中症

氏神様の　御利益で
涼風《すずかぜ》そよぐ　大祭り

二、再当選
奴を悩ます　村長選
二期目始動も　まだ見えず
選挙公約　絵の餅か
村内各地で　声を聴き
早く方策　練り上げて
しっかりやれよと　奴共

奴唄は短歌形式はとってはいないが、五音・七音の韻律が心地よい唄である。日頃お世話になっている氏神様へ村の情勢を報告すると同時に、村政に対しては直接は口にできないような皮肉や風刺も交えながら期待を込めて唄っている。三番は、国や世界の情勢を唄うことになっているが、人々の記憶にも新しい大きな災厄を唄った令和二年（二〇二〇）のものを紹介する。

三、瞬《また》く間《ま》

世界を飲み込む　新コロナ
感染拡大　歯止めなし
年寄り、子供も　マスク付け
3密禁止　日々自粛
疫病退散　氏神様へ
祈って踊る　奴共

（作・大宮諏訪神社長崎集落氏子）

普段は口にすることが憚《はばか》られる言葉も、祭りの日にことよせて、神の前だからこそ口にすることができるのであり、だからこそ神は聞き届けるのであろう。祭礼のなかの和歌の原初的な意味と形式を残し示す貴重な行事と考える。心からこぼれた言葉が歌（唄・和歌・短歌）となり、それを声にのせて神に捧げる、祭礼と和歌（短歌）の結びつきは脈々と息づいている。

注
1　項目「法楽和歌」『和歌文学大辞典』編集委員会編　『和歌文学大辞典』古典ライブラリー　二〇一四年十二月
2　「廿六者御神楽事」『神道集』巻第五　神道大系編纂会『神道大系　文学編一　神道集』一九八八年二月、書き下しは筆者。
3　久保田淳・平田喜信『後拾遺和歌集』新日本古典文学大系8　岩波書店　一九九四年四月
4　氷川神社境内説明板より。また当日境内にて神職より聞き取り。

5 明治神宮「献詠披講式」パンフレット、明治神宮献詠会・明治記念綜合歌会「明治神宮秋の大祭奉祝献詠作品—一四九集—」二〇二三年十月二十二日より。

6 奴唄は大宮諏訪神社の行事において「唄」とされているので、「歌」ではなく「唄」と表記する。

7 『小谷村誌』など。近年の唄は、長崎集落、柴田友造氏のご教示による。

新聞、雑誌のなかの短歌

黒瀬珂瀾

新聞歌壇とは

新聞を捲《めく》っていたら短歌がずらっと掲載されたページが目に飛び込んできた、という経験を貴方《あなた》はお持ちだろうか。日本の新聞は全国紙、地方紙、業界紙を問わず、読者投稿の短歌の掲載欄を設けている場合が多い。これを「新聞歌壇」と呼ぶが、日本語圏独特の文化だと思われる。大まかに言えば一人から数名の選者が毎週の投稿歌から数首を選び、紙面に掲載する。うち若干数には選者の選評が付される、という形だ。もちろん俳壇も並立することが多い。

この新聞歌壇について日本以外の国の人に話すと、よく驚かれる。オピニオン紙がわざわざ大きな紙面を割いて、多数の読者のポエトリーを毎週掲載することが珍しいらしい。もちろん各国の新聞も詩歌コンテストなどは積極的に行っており、日本より盛んな国も多い。しかしコンテストはやはり文学賞選出の場であり、日本の新聞歌壇のように、一般読者の作品を継続して紹介する場は稀少《きしよう》だろう。もちろん短歌俳句が一行詩であり、多数の作品掲載が容易である点も大きい。また、ハワイやブラジル、北アメリカなど世界各地の日系移民により様々な日本語新聞が現地で刊行されてきたが、その多くに歌壇俳壇が設けられた。ここからも新聞歌壇と日本語の相性の良さがうかがえる。

新聞歌壇の歴史はもちろん近代以降のもので広大な和歌史から見ればほんの一部だが、新聞の歴史から見れば決して小さくはない。現在の形に似た短歌選歌欄が初めて設けられたのは明治三三年（一九〇〇）、「日本」紙上のこととされる。選者は正岡子規。その後、明治三六年に読売新聞（選者佐佐木信綱）、明治四三年には朝日新聞（選者石川啄木）というように様々な新聞で選歌欄が発足した。つまり新聞歌壇はすでに一二〇年以上の歴史を刻んでいる。戦時下には新聞統合の影響もあり新聞歌壇俳壇はほぼ消滅したが、戦後には復活し、現在進行形で毎週様々な作品が各紙に掲載されている（加古陽「新聞歌壇の過去・現在・未来」、「短歌往来」二〇二二年一月号）。

この根強い人気の理由を考えるに、朝日新聞の歌壇選者を昭和三〇年から務めた近藤芳美の言葉が参考になる。近藤は朝日歌壇の選者就任を述懐して、

　わたしはそれを単なる趣味の場とはしたくはなかった。わたしはそこに民衆の声の場、無名者である庶民の声の場を見出したかった。

と書き留めている（近藤芳美『無名者の歌』新塔社、一九七四年）。庶民の声の場。この一言の重みは格別だ。短歌は言語芸術の一つであるが同時に、人間一人ひとりの切実な声を掬《すく》い取る器という側面も強い。つまり新聞歌壇は短歌文芸の発表の場であり、かつ、時代を記録したルポルタージュという性質も有する。ここに掲載される短歌作品は〈わたしの隣にいるひとの声〉であり、時には〈わたしの代弁者の声〉でもある。

読売歌壇の例から

筆者は二〇二〇年より読売新聞の短歌投稿欄「読売歌壇」の選者を務めている。そこで試みに、印象的な投稿歌の幾つかを引用したい。

深き息を残して去りぬ死を数で告げられし夜のカザルスの鳥　佐藤佳子
父の戦死にわが生涯は始まりて今朝のテレビに銃声を聞く　野崎征子

読売歌壇では一年間の投稿作品のなかから各選者が一首を選出し、歌壇年間賞として顕彰するシステムがある。他の全国紙も同様の顕彰制度を有する。右引用一首目は黒瀬選歌欄二〇二〇年の年間賞作品。この時期は二〇一九年から続く新型コロナウイルス流行による死者数が報道で連呼される日々だった。この歌に筆者が添えた選評を引く。

昨年から続く新型コロナウイルスの流行。私たちは死者数の増減に一喜一憂するだけで、死者それぞれの人生を思うことを忘れる。そんな時代を作者は悲しんでいるのでしょう。稀代《きたい》のチェリスト、カザルスが平和への祈りを込めて演奏した「鳥の歌」の曲を流し、小さな鎮魂の夜を過ごすのです。

（読売新聞、二〇二一年一月一一日）

次に二首目は二〇二二年の年間賞作品。同年に勃発したロシアによるウクライナ侵攻を背景とする。戦地からの報道が朝のテレビに流れる。銃声が鳴り響く現状を見るにつけ、自身と戦争の関わりが思われてくる。自分の父親は、自分がちょうど誕生した頃に戦死した。私の人生は太平洋戦争から始まったという思いと、戦争に反対する心が歌に滲《にじ》む。

新聞歌壇はこのように社会のありさまを記録する媒体、言ってしまえば新聞記事の一環としての機能も有する。この二首ともメディア報道が作歌の契機であり、その上でそれぞれの感性や体験をもって詠まれている。ある意味、報道と芸術のあわいに位置する「新聞歌壇」の特徴を端的にあらわした歌だと言える。前者は芸術の力による鎮魂を願い、後者は個人的な体験に引き付けて世界を見つめている。時代を詠むにしても様々なアプローチがある。文化や教養を拠《よ》り所にすることも、自身の人生を底に据えることも可能だ。

「パパはもっとかっこいいのに」似顔絵を描《か》き終えた児の小さき溜め息　犬伏和子

右一首は二〇二一年の読売歌壇年間賞の作。こちらは先の引用歌とはまた違う印象で、温かな親子関係を活写したほほえましい一首だ。幼子が父親の似顔絵を描いている。しかし、自分の画力と「心の中のパパ」の姿がなかなか釣り合わず悔しがる。子どもと親の間の純粋な愛が浮かび上がる作品だ。こうした歌を目にして心がほっこりする読者は多いだろう。一つの癒やしであり、こうした歌に共感することで、私たちは人間の良さというものを再確認する。そしてこの一首は〈ある一家族の風景〉である。著名人でも特別な経験をしたものでもない、私たち無名者の普段の生活のいたるところに、他者の心にまで届く詩情が潜んでいるのだ。そうした生活風景を大勢の作者が持ち寄ることで、新聞歌壇には常民の息遣い、時代精神が宿る。つまり、新聞歌壇とは多様性の場だ（もちろん新聞各紙による政治姿勢から生じるカラーは考慮される必要があるだろう）。

過去形で僕を殴れよ焼肉の銀の箸など持ち替えながら　からすまぁ
子ふたりの診察券はまた増えて七つ集めりゃ強くなっかな　巣守たまご
肝っ玉かあさんみたいな介護士へ母が咲かせる幼子の笑み　大野多恵子
放課後になるまで座るブランコの隣ばかりを揺らす秋風　大津穂波

昏の下に犬歯を隠しつつ小鳥のやうな口付けをせよ　高田祥聖
町内の当番果たす意気込みを小学生かと子に評されぬ　岡田貞義
工場の夜勤に変えたあたりから影を盗られて調子がでない　雨雨雨汰《あまさめうた》
半世紀野草食いつつ拓きたる五町五反はわれのまほろば　黒沢正行

多様性を示すのならやはり具体的な作品を挙げねばなるまい。新しい例が良いだろうから右は二〇二三年の読売歌壇投稿作から選んだ。一首目、銀の箸だから二人で焼き肉を食べている場面か。相手が自分のことを過去形で話すとは、別れ話の暗喩だろうか。二首目、育児に奮闘する親の姿。あちこちの病院にかかるので診察券が増える。下句のアニメ調の口語も面白い。三首目は老人介護施設での一コマ。四首目はセンシティブな孤独感と季節の取り合わせ。五首目はリリカルでいて少々厳しい恋の駆け引き。六首目、町内会の様子と自身のコミカルな戯画化。七首目、夜間勤務の疲れを詠う。八首目、農家の生きざまと誇り。いかがだろうか、若者らしい抒情《じよじよう》もあれば老人介護の現場もある。様々な労働環境が詠まれ、農家など第一次産業の声も響く。地域に密着した生もあれば、抽象的な心の歌もある。ここには挙げないが刑務所から服役者の歌も届く。

朝日新聞の歌壇には二〇〇八年一二月から翌年九月にかけて、ホームレスを自称する公田耕一による「パンのみで生きるにあらず配給のパンのみみにて一日生きる」などの歌が載った例もある（三山喬『ホームレス歌人のいた冬』東海教育研究所、二〇一一年）。これらの声を一堂に聞くことができるのが、新聞歌壇の醍醐味《だいごみ》である。

新聞歌壇というコミュニティ

さて、先に「父の戦死」の歌を紹介した野崎征子さんには「戦死公報握りし母の六月の哀しいおっぱいを吾は飲みたり」（読売新聞、二〇一三年七月一七日）という投稿作もある。この歌の掲載後、選者の元に次のような歌が投稿されてきた。

戦死公報握りし母の乳のみし哀しき赤児名は征子なり　　長谷川昭子

右歌の作者は、野崎さんの名前「征子」に着目した。征戦、出征の征……戦時下での命名を思わせる名前を詠み込むことで「あなたも戦争の被害者なのですね」というメッセージを送った。つまり、「返歌」である。新聞歌壇がなければすれ違うことも無かった者同士が、歌という一点をきっかけとして心を通わせる。日常的に購読を続ける新聞の性質が、このコミュニティ性を確立させる。すると、次のような現象も起こる。

トマトにはリコピンがある私にはリコちゃんがいるどっちも大事　　松田わこ

今すぐに大人になりたい妹とさなぎのままでいたい私と　松田梨子

子の髪を編み込みにしてやりながら誰と行くのか聞けないでいる　松田由紀子

友チョコをパクパク食べるねえちゃんは質問禁止のオーラを放つ　松田わこ

今のまま進展も発展もせず冬を過ごすという選択肢　松田梨子

恋人になるといろいろあるんだねホットアップルパイ食べて聞いてる　松田わこ

靴ずれの春の記憶がよみがえる恋に恋していたんだ私　松田梨子

朝日新聞の短歌投稿欄「朝日歌壇」に二〇一一年頃から松田梨子、松田わこ姉妹の歌が掲載されるようになる。右一首目は二〇一一年、わこ九歳の折の歌。斬新な対比であり、かつ、姉を無心に慕う子どもらしさが可愛らしい。一方で二首目は姉の梨子十二歳、中学一年生の折の歌。妹に比べて少しのんびりした姉、というイメージだ。こうして松田姉妹の投稿歌が当時の朝日歌壇には毎週のように掲載された。全国の読者は姉妹の歌を継続して読むことで彼女たちの成長を見守る気持ちとなり、その作品を熱望するようになった。ゆえに「「わこちゃんが中学生かあ」あちこちでおばさんたちが微笑んだ朝」（田村文）というようなファン心理とも保護者感覚とも言える歌も数多く投稿された。

そして三首目は姉妹の母親の作（二〇一五年一月一九日掲載）。これを読んで驚いた当時の読者は数多かっただろう。いままでずっと成長を見守ってきた少女歌人が、ついに初デートに出掛ける。さらに四首目以降、恋の顚末《てんまつ》もまた姉妹が短歌として報告した。どこまでが〈事実〉でどこまでが〈演出〉か、それは分からないが、この姉妹の歌に一喜一憂した多くの読者がいたことは事実だ。これは投稿欄という場の持つコミュニティ生成の力を示している。新聞歌壇には市井の人間のドラマの数々が交錯する。無論、家族や関係者のプライバシーの問題も考える必要はあるが、いわゆる専門歌人の歌集を読んだときとはまた違った感動がそこにはある。そして一番大事なのは、新聞歌壇に投稿すれば自分自身もまた、その場に参入できるということだ。

右引用歌の一、二首目は松田一家の歌を集めた歌集『リコピンがある』（角川学芸出版、二〇一三年）に収録されている。多くの読者を獲得したことで単行本が刊行されたわけだが、このあたりにも新聞歌壇の独特の特徴がある。先に引いた近藤芳美の言の通り、新聞歌壇とは第一義にアマチュアリズムのための場だが、それと同時に歌人として社会的に出発する場ともなる。アマチュアとプロ（何をもってプロと指すかは曖昧だが）の中間に位置する場とも言える。新聞歌壇の掲載作を中心に纏《まと》めた歌集が短歌界で評価された例としては野上卓『レプリカの鯨』（現代短歌社、二〇一七年）、熊谷純『真夏のシアン』（短歌研究社、二〇一八年）などがある。また、新聞歌壇での研鑽《けんさん》が二〇二三年の第六六回短歌研究新人賞受賞に至った平安まだらをはじめ、新聞歌壇から出発した著名歌人の例は数多い。

その他の地方紙、業界紙、雑誌の短歌

今まで全国紙の歌壇を中心に紹介してきたが、各地の地方紙にも歌壇がある。たとえば富山県の北日本新聞には「北日本文芸」歌壇欄があり、二〇二三年の年間賞の一首に「雪除けて掘りたる大根その土を雪で拭えばその白きこと」（松平義麿）といった歌が選ばれている（選者佐佐木幸綱）。また、沖縄県の琉球新報には「琉球歌壇」があり、選者を務めた屋部公子が「心に残る新聞投稿歌」（「現代短歌」二〇一七年二月号）の中で「新北風《ミーニシ》に吹かれて庭の仏桑華すべなき様にひと日舞いおり」（瑞慶村悦子）といった歌を挙げている。どちらも風土の豊かさを示した土地の生活感あふれる歌だ。

さらに、各業界新聞にも歌壇が見うけられる。その一例、日本農業新聞の「あぜみち文芸」歌壇では二〇二二年の大賞の一首に「新緑の暴力的な勢いはまた過疎の村ひとつ飲み込む」（内藤陽子）を選んでいる（選者大辻隆弘）。なるほど農家にとって山林の拡大は重大な問題だ。このように地域には地域の、業界には業界の新聞歌壇があり、近い土地に住む者や同業者が読者である点から、より作品と読者の距離感が近い短歌空間が広まっている。

新聞ばかりではない。短歌の投稿欄は様々な雑誌にも設けられており、目立ちはしないがこんなところに短歌が、と驚く場合もある。それは一種の「読者の声」欄であり、読者同士の交流の場なのだ。「短歌研究」「短歌」「歌壇」「短歌往来」「現代短歌」といった短

歌雑誌に投稿欄があるのは当然で、短歌に特化した読者のための場という意味で専門志向がやや強いように思われる。一方、「ＮＨＫ短歌」などの入門雑誌の場合はやや読者層も広がる。ＮＨＫの場合はテレビ放送とも連動しており、より広い形で作品が伝播《でんぱ》される傾向もある。その他の雑誌では短歌のサブカルチャーとしての側面が注目される場合が多い。かつて宝島社から刊行されていた「CUTiE Comic」で枡野浩一が「マスノ短歌教」を連載し（一九九七〜二〇〇〇年）、加藤千恵や佐藤真由美が輩出した。また出版文化の情報誌「ダ・ヴィンチ」（KADOKAWA）では穂村弘の「短歌ください」（二〇〇八年開始）が長期人気連載となり、口語短歌の賑《にぎ》やかな実験場の様相を呈している。

かように新聞や雑誌の短歌投稿欄は、初心者に広く開かれつつ、多様な作家を擁することで刺激的な作品が応酬する場となっている。大切なのは、どこでもよいからまずは貴方が投稿し、その場に参加してみることだ。そして、自作のみならず選歌欄の毎回の掲載作を通して、選歌欄の大きな流れを見つめ続けることで、短歌が生み出す楽しさ、喜び、そして悲しみを分かち合う力を感じ取ってもらえれば、選者の一人として嬉《うれ》しく思う。

結社のなかの短歌

吉川宏志

初めに

短歌結社とはどのようなものなのか。まず、だいたいのイメージを提示しておきたい。結社に入ったことがある人なら既知のことであろうが、どのような特徴があるのか、あらためて整理してみるのは無益ではないだろう。

結社では毎月、会誌が発行されており（隔月刊や季刊の場合もある）、会員になると、毎月十首程度の短歌を投稿することができる。ただし、全部が掲載されるのではなく、選者によって良い歌と判断されたものだけが載ることになる。これを選歌《せんか》と呼ぶ。添削が行われることもある。

会員になるには、所定の会費（年間一万〜二万円程度）を払うことだけが条件で、入会するための資格はほとんどの場合、不要である。つまり、誰でも入会できる。それが同人誌と大きく違うところだ。同人誌の場合は、見ず知らずの人がいきなり参加するのは難しいだろう。結社は入会しやすいので、若者から高齢者まで、さまざまな生活を営んでいる人々が集まってくる。会社員・公務員や商業・医療・農業・漁業従事者など、いろいろな職業の人々が短歌を作っている。学生や主婦・主夫、年金で暮らしている人々もいる。

基本的には、全国のどこに住んでいても会員になれる。最近では、海外に住む会員も少なくない。うまく運営されている結社では、会員の多様性が尊重されることになるだろう。ただ、地域限定的な結社では、顔見知りの親しい人々だけが集まっているケースもある。結社の会員数はさまざまであり、数十人から数千人まで大きな幅がある。

結社では、歌会（かかい・うたかい）を毎月開催していることが多い。大規模な結社では、地区ごとに支部歌会を置いている。現在ではZoom《ズーム》などを使用するオンライン歌会も増えてきている。ホームページを持つ結社もあり、「短歌結社」で検索すればさまざまな結社が見つけられる。多くの場合、ホームページから入会することが可能である。

その他にも研究会やシンポジウム、歌集の批評会など、結社によってさまざまなイベントが行われている。結社の主催する賞が設けられていることもある。また、歌集を出版する際に、先輩などからアドバイスを受ける会員もいる。結社とは、短歌についていろいろなことを学ぶことができる場なのである。

もちろん結社以外でも、ＳＮＳなどを用いて短歌を学ぶことはできるだろう。ただ結社は、長い期間継続して運営されていることが多い。数十年続いているのは普通であり、百年を超える結社も存在する（「竹柏会《ちくはくかい》（会誌・心の花）」や「水甕《みずがめ》」）。つまり、安定して学べる場であり、相性が良ければ何十年も同じ結社にいて研鑽《けんさん》を積むことができる。こうして結社という場には、長い時間を経た知識が蓄積されていく。結社に入ることで、いま現在の短歌だけではなく、過去に作られてきた短歌を知るという、歴史的な視野を与えられることも少なくない。

結社では多くの場合、創始者の短歌観が継承されてゆく。たとえば「コスモス」という結社では宮柊二《みやしゅうじ》の、「歩道」では佐藤佐太郎《さとうさたろう》の短歌観を亡くなった後も重視し、研究が続けられている。ただ、創始者の短歌観以外を排除するのではなく、時代の変化に合わせて新しい考え方を取り入れてゆくという方向に進むのが一般的である。その結社を生み出した、原点となる歌人を尊重しつつ、多様な個性をもつ歌人たちが共存できるような環境が作られているのが、理想的な結社の形といえるのではないだろうか。

結社の運営については、代表者である歌人を中心とするメンバーで方針を決めてゆくのが普通である。会誌やイベントの企画の面白さ、新鮮さで、結社の活力は測られるといっても過言ではない。ユニークな活動をしている結社は、やはり若い世代の会員が集まってくる。

また安定的に会誌を刊行していくためには、資金の管理も重要になる。最近では、会員間のハラスメントを防止することも大事になっている。前述したように、結社は誰でも入会できるので、残念ながら、差別的な考え方をもつ人が入会してくる可能性もあるのだ。セクシャル・ハラスメントなどが起きないよう、つねに会員に対して注意を喚起することも、これからの結社には求められる。結社を運営していくメンバーの責任は重い。

「結社」という言葉

ドラマや漫画などで〈悪の秘密結社〉がよく描かれるため、「結社」という言葉には怪しげな語感が加わってしまったようである。「短歌結社」と言ったら怖がられた、という話はしばしば聞くことがある。だが、日本国憲法にも「結社の自由」は謳《うた》われている。「結社」が現代社会の中で重要な語であることは認識しておく必要があろう。

「結社」という語が使われ始めたのは、明治時代初期らしい。「アソシエーション」の訳語で、明治八年（一八七五）に刊行された福沢諭吉の『文明論之概略』などにその用例が見られる。

そもそも方今にて結社の商売を企《くわだつ》る者は大抵皆《みな》世間の才子にて、かの古風なる頑物が祖先の遺法を守《まもり》て爪に火を灯《とも》す者に比すれば、その智力の相違固《もと》より同日の論にあらず。

福沢諭吉は欧米の社会を視察し、人々が自由に論議して物事を決めていることに衝撃を受けた。当時の日本には、「祖先の遺法」を頑迷に守るばかりで新しい知識を活用できない風潮があった。それでは時代の進歩に取り残されてしまう。結社を作ることが、「智力」を高めるためにどうしても必要なのだと、諭吉は考えたのである。

西洋諸国の人民、必ずしも智者のみにあらず。然るにその仲間を結《むすび》て事を行い、世間の実跡に顕《あら》わるる所を見れば、智者の所為《しょい》に似たるもの多し。

西洋人は、一人一人の能力が日本人より優《まさ》っているわけではない。しかし、集団として活動する能力に長《た》けているので、日本人は圧倒されてしまうのだ。諭吉の悔しさや焦りがよく出ている一文であろう。

「仲間を結ぶ」という言葉には、現在の感覚以上に切実なものがあったのである。当時の日本には厳しい階級意識が残っていて、平等な関係を結ぶことは難しかったのだ。

結社は、自由に、そして平等に論議することができる関係性を基盤としているのである。初めて作られた短歌結社は、明治二六年（一八九三）に落合直文《おちあいなおぶみ》を中心に結成された「浅香社」（「あさ香社」とも書く）であるというのが定説となっている。浅香社は、会の規約や会誌をもたなかったけれども、自由で平等な気風があり、結社の本来の意味を体現していたといえるだろう。

浅香社の集会は、多いときは四十人ほどが集まり、男女対抗の歌合せなどをした。男の方の大将は（与謝野《よさの》）鉄幹《てっかん》、女性の筆頭は国分操子《こくぶみさこ》であったという。（中略）浅香社は歌の会というだけではなかった。小説を書いて来て見せ合ったり、文章や新体詩の研究をしたり、漢詩人との交流などもやったことを堀内新泉《ほりうちしんせん》や師岡須賀子《もろおかすがこ》が述べている。

前田透『落合直文』（明治書院、一九八五年）

短い記述だが、自由闊達《かったつ》とした雰囲気が伝わってくる。

その後、佐佐木信綱《ささきのぶつな》を中心とする竹柏会が明治三二年（一八九九）に結成され、会誌である「心の花」も刊行されている。同年、与謝野鉄幹は浅香社から分離し、東京新詩社を立ち上げ、「明星《みようじよう》」の刊行を開始する。また、明治四一年（一九〇八）には、正岡子規《まさおかしき》の写実主義の流れを汲《く》む「アララギ」が発刊された。こうして続々と歌人の集団が作られていったのである。

ただし、こうした歌人集団が「結社」と呼ばれるようになったのは大正時代のことであるらしい。三枝昂之は、『佐佐木信綱と短歌の百年』（KADOKAWA、二〇二三年）においいて「結社」という用語が普及したいきさつを次のように説明している。

大正六年（一九一七）に「短歌雑誌」という商業的な短歌総合誌が刊行された。そのころには多くの短歌会が分立しており、党派的な争いも目立つようになっていた。「短歌雑誌」の創刊号に掲載された土岐哀果《ときあいか》（のちの土岐善麿《ぜんまろ》）の「団体を去つて己に帰れ」という文章には、

……結社とか徒党とかいふものでなしに、皆が悉《ことごと》くさういふものを振り棄《す》てゝ、全く独《ひとり》ぼつちになることが出来れば、どれだけよくなるか知れないと僕は思ふ。


という一節がある。これが含まれる段落に「結社を作る必要なし」という見出しが付けられたため、「結社」という語が短歌界に広がり、定着したと考えられるという（詳細は、三枝の前掲書を参照）。

興味深いのは、もともと自由を求めて作られたはずの結社が、三十年も経たないうちに、個人を束縛するものになったことである。結社の閉鎖性への批判は、これ以後、何度も繰り返されることになる（現在でもたびたび指摘される）。

これは島木赤彦《しまきあかひこ》の率いた大正期の「アララギ」との関係が深い。赤彦は、「生活力」を統率して集中させ、『万葉集』の歌境を目指すという「鍛錬道」を提唱した。自分の生活

を厳しく見つめ、写実的に表現し、禁欲的に上達に励むのがよいという考え方である。こうした方向性に共鳴する人々は多く、「アララギ」は隆盛を迎え、歌壇の主流派であることを誇示した。だが、こうした精神修行的な短歌観に功罪があったことも確かである。

塚本邦雄は、角川「短歌」昭和三二年（一九五七）十一月号に掲載された「写実街殺人事件」で、

写実精神に徹せよ。伝統にかへれ。街賊に天誅を加へろ。こんなポスターを見たことがあるぜ。（中略）彼らの写実精神つてね、国粋主義とシノニムなんだ。

と揶揄《やゆ》している。伝統を墨守し、現状を無批判に書き写すという姿勢は、戦時中の「国粋主義」と同じ根をもつものだと塚本は批判したのである。

このように結社には、一つの主義や価値観に純化することによって排他的になってしまう危険性がつねに纏《まと》わりついている。そのため、しばしば結社廃止論が話題になるのである。だが、結社の本来の精神は、自由と平等にあったのではないか。単純な廃止論は、その部分を切り捨ててしまう。ほんとうに大事なのは、組織の中で、なぜ自由と平等は失われてゆくのか、その原因を追究することだ。そして、それらを失わないために、どのように結社を運営すべきなのかを考えてゆくことが肝要なのである。

過去を参照する読み

結社は長く続いてゆく。そのため、十年、二十年と在籍している会員と、最近入ったばかりの会員が交流する機会が生じてくる。必然的に、先輩・後輩という意識は生まれるだろうし、教える・教えられるという関係——一種の権力——も現れてくる。それは自然なことであろう。

初心者は新しい表現だと思っているが、歴史を知っている人には、過去に同じようなものが何度も作られてきた陳腐な歌に感じられる、ということはしばしば起きる。ほんとうに新しい歌かどうかは、古い歌を知っていなければ判断できないのである。そのため、過去の歌を深く知っている読者に、自分の歌を読んでもらうことはとても大切なのだ。結社で選者が選歌をする意味は、まさにここにある。

ただ、教える・教えられるという関係が固定化すると、組織の硬直化につながっていく。ベテランが新人から教えられる、高齢者が若い世代から教えられる、という逆の方向も重要なのである。先に述べたように、長く短歌を続けてきて、歴史を知っている人ほど、今までに無かった歌を発見する感覚は鋭くなっているはずなのだ。そうした歌をとらえて、正当に評価することが、新しい世代から〈教えられる〉ということなのではないか。

電線がぎゅいぎゅいと鳴く　そういえば入道雲の底は黒いね

田村穂隆《ほだか》『湖《うみ》とファルセット』

たとえばこの新人の歌について、ベテランの阿木津英《あきつえい》はこう述べている。

宮沢賢治や村山槐太《むらやまかいた》の短歌を見るようだ。こんな風景を、この繊細な感受性はとらえる。独自なところだ。（『湖とファルセット』栞）

宮沢賢治には「屋根に来てそらに息せんうごかざるアルカリいろの雲よかなしも」など印象的な雲の歌があり、なるほどと思わせる指摘だが、そうした先行作を踏まえつつも、独自性を認めている。過去の作品を参照しつつ、新しさをとらえる歌の読み方が端的に現れている例といえよう。

そして結社とは、このような歌の読み方を学んでいく場でもあるのだ。歴史の流れを把握しつつ、今作られている新しい歌を見つめる姿勢。それを身につけることが、結社では期待されるのである。

コモンとしての結社

思想家の内田樹《たつる》に『コモンの再生』（文藝春秋、二〇二〇年）という著作がある。

「コモン（common）」というのは形容詞としては「共通の、共同の、公共の、ふつうの、ありふれた」という意味ですけれど、名詞としては、「町や村の共有地、公有地、囲いのない草地や荒れ地」のことです。

昔はヨーロッパでも、日本でも、村落共同体はそういう「共有地」を持っていました。それを村人たちは共同で管理した。草原で牧畜したり、森の果樹やキノコを採取したり、湖や川で魚を採ったりしたのです。

ですから、コモンの管理のためには、「みんなが、いつでも、いつまでも使えるように」という気配りが必要になります。

しかし、資本主義が発達してくると、そういった共有地は私有化され、利益を生み出すために使われるようになる。誰でも遊べた場所が、料金を払わないと入れなくなるというのはその一例である。

内田によれば、学校や病院、図書館などの文化施設もコモンであるという。だが最近では、大学や病院なども利益を出すことが目的化している。儲《もう》かるための研究が優先されることで、逆に文化の活力が低下していることを内田は危惧している。

短歌結社とは、コモンなのではないか。それが現在の私の考えである。

もちろん、結社の会員になるためには会費を支払わなければならない。しかし、多くの結社は、会費収入だけで運営することは難しい。編集や校正を、業者に発注すればかなり大きな金額が発生するが、ほとんどの結社は会員のボランティアでまかなっている。結社の会誌には、作品を会員同士が批評する欄がだいたい設けられているが、その原稿料は支払っていないことが多い（その結社以外の人に書いてもらうときは当然支払うが）。それでも結社に属する人は、他者の歌を自分なりの力で、しっかりと読もうとする。

資本主義的に考えてみれば奇妙な慣習である。原稿料が支払われないのなら、自分は書かないという会員がいるかもしれない。その論理を否定するのは難しい。だが、そういう人たちにとって、結社は居づらい空間であろうと思う。

歌会もそうで、面白い歌会だったら行きたい、と言う人がいるけれども、重要なのは、自分自身が面白い歌会を作っていこうとする意識なのである。そのためには、自分が面白い歌を出し、自分が面白い批評をするように努力しなければならないのだ。

なぜ、対価がなくても、結社のために働こうとするのか。それは、「コモンの管理のためには、『みんなが、いつでも、いつまでも使えるように』という気配りが必要」だということを、無意識に感じているからではないだろうか。自分だけが得したい人が増えてしまうと、結社は成り立たなくなってしまう。他者の歌を尊重する意識が、結社では絶対に必要なのである。

自分の歌を毎月発表し、批評してもらえる。そうした空間が長い年月続いていくことは、考えてみれば、容易なことではない。会員の高齢化などにより廃刊となるケースも、しばしば見られる。結社とは、もろい存在であることを忘れてはならない。

自分の歌を読んでもらいたいという欲求と、他者の歌を大切にしようとする意志。その両方をもつ人々が、結社を支えているといえるだろう。

歌会の進め方

永田　淳

歌会とは

歌会と書いて「かかい」とも「うたかい」とも読む。語呂もいいので一般的には「〇〇かかい」と言われることの方が多いだろうか。まず辞書的な語義から確認しておきたい。『現代短歌大事典』（三省堂・二〇〇〇）では「うたかい・かかい」として立項されている。

自作の短歌作品をもちよって、互いに鑑賞や批評をおこなう場。（……）多くはある結社に所属する会員が、月に一度集まり、自作をもちよって、互いに批評し合うという形が一般的である。各地に会員をもつ結社では、それぞれ支部をもち、支部ごとに「歌会」をおこなっているところが多い。（……）「歌会」では、あらかじめ作者名を知らせないで、批評をおこなうことが多い。互選によって点数を競うという形態も一般的にみられる。批評は参加者が自由に意見を述べ合うものから、主宰者等の主要歌人が主として批評したり、まとめをしたりするものまで、さまざまである。最近ではインターネットの普及にともなって、ある特定の場に集まることなく、メールを交換することで、仮想空間で「歌会」の場を設定する、いわゆるメール歌会も一般化し始めている。［永田和宏］

ほぼ四半世紀前に書かれた文章なのでメールのくだりなどは隔世の感があるが、歌会とはおおむねこのような合評、相互批評の場である。所属する結社や同人誌の歌会に参加するのが一般的ではあるが、最近は歌会の在り方も多様化してきた。結社に関係なくその地域の歌人が集まる超結社歌会、各都道府県にある歌人協会などが主催する歌会、学生の歌会、カリスマ性のある歌人が主にＳＮＳで呼び掛けて行う歌会、そして昨今ではZoom《ズーム》歌会も多く生まれ、大小様々な歌会が日本全国、そして世界にまで存在する。

歌会の準備、進め方

もう少し細かく歌会の準備、進め方など私を例に見てみよう。私は結社の歌会、超結社の歌会、大学短歌会、同人誌仲間のZoom歌会に定期的に出ている。結社の歌会は毎月決まった土曜日の午後一時から五時まで、超結社の歌会はおおむね金曜日の夜六時半から九時頃まで、大学短歌会は平日の午後六時から八時まで、Zoom歌会は週末の午前十時から十二時までと本当に時間も曜日もバラバラである。私の過去最高記録は、これらの歌会にプラスアルファのエクストラ歌会が加わって五日連続で歌会に出たことがある。

大学の短歌会は大学の教室を借りて行っているが、その他の対面式の歌会は会議室を借りることになるので、会場を予約する係の人が必要である。この場合の歌会の参加費は三百円から五百円が相場だろうか。当日の歌会を進める司会役の人が、詠草を集める役を兼任することがほとんどである。

歌会は司会に詠草を送るところから始まる。私が出ている歌会の詠草締切は開催の二、三日前といったところが多い。最近では大多数がメールなどで送るが、葉書やファックスで受け付けてくれることもある。詠草が揃ったら司会はそれを無記名でランダムに並べた詠草用紙を作成する。A４用紙に一二〜一五首並べると、歌と歌の行間が適度にあくので歌会での発言などをメモできる。歌会の詠草集を作る際は行間をギチギチに詰めないことが大切だ。

先の引用にもあったように、ほとんどの場合詠草は無記名である。無記名である理由はいくつか考えられるが、もっとも大きなものは作者名が付いていると作品の批判をしにくくなる、ということが挙げられる。建前上は歌会での批判は、作品の批判であって人格の批判でないとされてはいるが、初学の頃に大ベテランの署名入りの歌をけなすのは無理というものだ。作歌を始めたばかりの人も、長年作り続けている人も歌を評するという点では平等な立場である、というのが歌会の健全な在り方であろう。

私の参加している歌会ではZoom歌会を除いて、詠草は当日会場にて配られる。事前にメールなり郵送なりで詠草が配られる歌会もあるが、正直に言ってそういう歌会は面白みに欠ける。みんなが事前に歌を読み込んできて、知らない固有名詞や事柄などがあればこと細かに調べ上げてくるからだ。こういった歌会では、当日批評する発言内容までメモしてきてそれを発表する参加者が出てくる。そうするとみんながそれに倣って、歌会がただの評の発表会になってしまう。そうなってしまうと活発な議論が交わされることもない。

歌会はナマモノである。当日、その場で詠草を一首一首読み、どういった解釈、鑑賞が可能なのかを吟味しながら揺れ迷う。この「読みの揺れ」が私は大事だと思っている。朧《おぼろ》気《げ》ながら見えてきた自分の読みと他人の読みとが微妙にすれ違ったり、まったく同じだったり、あるいは真っ向から対立したり。時には思ってもみなかった読み方が提示されることもある。そんな他者の読みや鑑賞の一つ一つを摂取しながら、同意したり反発したりしながら歌の読みを深めていくそのプロセスこそが大事なのだ。このスリリングな体験はライブでしか味わえない、歌会のもっとも大きな楽しみであり醍醐味《だいごみ》でもある。歌会というのは参加者全員で、提出された一首ずつの読みを深めていく実験場であるとも言えるだろう。

少し話を巻き戻すが、歌会の進め方について。

投票するかしないかは歌会によって違うが、多くは二首選や三首選（当日の詠草の数によって変動する）といった形で自身の気になる歌、好きな歌に投票することが多い（互選と呼ぶ）。私の参加している歌会で一つだけ、互選をしていない歌会がある。この歌会も以前は同じように互選をしていたのだが、みんなが票欲しさに、感じのいい歌ばかりを作るようになり、似たような歌ばかりになる、という弊害が議論された末に廃止された。この歌会では参加者が番号札を引いて、その番号の歌を最初に評することになっている。

互選式の歌会も、一首ずつ順番に評していく場合と、得票の多かった歌から評していく場合がある。あまりにも参加者の多い歌会では、得票の無かった歌は評されない、といった歌会もあると聞く。投票が済めばいよいよ歌会の始まりである。司会者が歌を読み上げ、主に投票した人を指名して意見を聞き、それから投票していない人の意見も聞く。指名された人はまず歌に描かれている事柄や背景などを解釈し、その上で惹《ひ》かれた理由などを鑑賞として述べる。歌会はこの「解釈と鑑賞」をワンセットで考えたい。時々「この歌はこれこれしかじかのことが書かれています」だけとか、「ここの比喩がいいと思いました」だけの評をして終わる人がいるが、それでは歌評としては不十分だろう。短歌は省略の文芸であるから、一首からその場のみんなが同じ情景を思い浮かべるということは稀《まれ》である。なので最初に自分なりの解釈をしてから、歌のどこが良かったのか、あるいは良くないと思ったのかを述べることが肝要である。歌会の場にあって批評が作者の意図するものと違っても、作者が「そんなつもりで作ったのではない」と主張するのは御法度。短歌に限らず作品は作者の手を離れた時点からはもう読者のもの、読者の解釈、鑑賞に委ねられるべきなのだから。

ひとしきり議論が済んだところで、結社の主宰や歌歴の長いベテラン歌人がいればその人が総括的なことを述べて議論は終わり、次の歌へと移っていく、という流れが一般的だ。歌会のペースは一時間に六首から七首ぐらいを評するのが適当だと思う。一首にかける時間があまり短ければ言い足りない人が出てくるし、長すぎても冗長となる。一首十分以内ぐらいが妥当だろうか。

私なりの注意点

私が歌会ではしないほうがいいだろうと個人的に思っていることをいくつか挙げてみる。

・歌を評する時に「お歌」と言わない。歌に「お」を付けてしまった時点で、敬語になってしまい、歌を批判する意識が希薄になってしまうから。いいと思った歌でも悪いと思った歌でも「歌」または「この一首」と呼べばいい。

・歌と関係ない知識を滔々と述べない。最近はスマートフォンで何でも検索できてしまうので、難解な人名や書名などが歌われていても、すぐに調べられてしまう。その検索したウィキペディアの内容などをつらつら述べる人がいるが、それは歌の評にはならない。歌を読む上で必要最低限のことだけを述べればいい。

・書かれているテキストに忠実に読む。言外の世界に空想や妄想を広げない。

・他人の意見を全否定しない。様々な考え方の人が種々の意見をぶつけ合うのが歌会の楽しさ。持論を戦わせるのは歓迎すべきだが、相手の評言を頭ごなしに否定するのは場を白けさせるし、自由な議論の妨げになる。

歌会実況中継

ではここからは私が先日参加した超結社歌会「神楽岡歌会」の模様をお伝えしよう。この歌会は京都で行われ、一九〇回目を迎える。近畿一円、遠くは岡山や三重からも参加者がある。当日は十三人の参加。金曜日の午後六時半から開場、社会人ばかりなので三々五々集まってくる。ここのシステムは詠草と一緒に投票用紙が配られる。この日は一人三首選で、用紙に名前と自身が選んだ歌の番号を記入して司会者に渡す。午後七時に歌会はスタート。

最初に司会者から各歌の得票と票を入れた人の名前が発表される。最多票の七票が一首、続く五票が三首という結果。今回はこれらの歌にどのような評がされたのかを中心にみていこう。実際の詠草では匿名だが、引用歌には作者名を付す。

死に際に父の流ししひとすじの涙がわたしをくだりつづける　　中津昌子

七票を得た一首。まずは票を入れた側の発言から。

よく分かる場面、詠われている内容は腑に落ちる。「死に際」はよくない、「死の際」のほうがいいのではないか（河野美砂子）。テレビドラマにありそうな上の句だが、下の句がシンプル。父の死は過去のことだが、結句の現在形がリアルに感じられる（梅原ひろみ）。入れてない側の発言として、共感を狙っている（吉川宏志）というものがあったが、それに対して、本来共感ものは採らないようにしているが、いまの自分の置かれた環境（直近の実父の死）で思わず入れてしまった（島田幸典）という発言も出た。読む側がどのような状況で一首に向き合うのか、ということを考えさせられる。

他に票を入れていない側の発言として。死に際に勝手に流れたので「流しし」ではなく「流れし」とすべきではないか、上の句の音感が良くない（大辻隆弘）。入れてはいないが「くだり」の動詞の選びがいい（林和清）といった意見も出て、最多票ゆえにおおむね好評をもって迎えられた一首であった。

続いて今回もっとも話題を呼んだ、五票を得た一首。

妻との時間は妻亡きあとの時間にて遠くで蟬が鳴いて鳴きやむ　　林和清

妻が存命中はあまり大事にしていなかったが、今は妻と過ごした時間を大事に思っている、そんな感じ方が読める。下の句はよくある感じだが、上の句とうまく繫《つな》がっているようだ。「時間にて」の「にて」が気になる（梅原）。一首にはどこにも「死んだ」と書かれていないので妻は生きているとして読む。未来を先取りした歌ではないか（中津）。妻との時間というものは、妻が亡くなってから初めてその大切さが実感されるのではないか。これで奥さんが生きていたら非道《ひど》い（川本千栄）。解釈は二つあって、一つは実際に亡くなったとして読むもの、しかしこれだと歌が甘い。もう一つは他人の夫婦を見て詠んだ歌、それを一般化して自分に当てはめたという解釈。参加メンツを見渡して読むのは邪道だが、今日の参加者でこんな経験をしている人はいない筈《はず》なので、後者の読みか。「時間にて」の「にて」が理屈になっている（島田）。

この島田の発言は示唆に富む。この日の男性参加者は六名、もしかしたら他人には隠されているかもしれないが、パートナーが亡くなったという話は誰も聞いていない。だから**この歌は作者の経験したものではなく、他者のものと解釈したがそれは邪道だと島田は言う**。これは作品と向き合う上でとても誠実な姿勢だと言える。短歌はきわめて私性の強い文芸であるが、書かれている体験＝作者の体験ではない。そこには文学的創作もあればフィクションもある。書かれている内容と作者の実体験とは峻別《しゅんべつ》すべきだろう。

票を入れていない側としては、理屈っぽく聞こえる。「鳴いて鳴きやむ」の下の句の対句表現が「生きている→死んでいる」という繫がりに読めてしまい、そこが理屈になっている（大辻）という意見が出た。歌会が終わってからも「林さんの奥さん、危ないのだろうか」という話題が出たが、短歌はあくまで創作、そこを穿鑿《せんさく》するのは野暮というものだろう。

夏日だけど見本のような秋の雲右に曲がって職場へ戻る　三潴《みつま》忠典

分かりやすくて選んだ。四句目の「右に曲がって」が季節の移ろいを感じさせる（近藤かすみ）。「見本のような」が面白い。「見本」という言葉にどこか揶揄《やゆ》するようなニュアンスがある（高橋ひろ子）。口語で作られており、歌の発想も口語的。こんな軽いタッチで作られていると「見本のような」のフレーズが活きる（河野）。歯切れが良くて気持ちがいい（梅原）。九月にぴったりの歌（九月二十九日に開催された歌会なので）。体感としてはまだ夏なのだが、映像的には秋といった感じ。凝った頑張った比喩でなくてもいい。一日のエアポケットのような時間をうまく切り取った（島田）。また入れてはいないが、「右に曲がった」がいい。昼休みが終わってからビルのすき間に入って行く感じ（大辻）といった意見も。下の句が付句的ではないか（林）といった批判的な意見も出た。

区役所のうしろゆくとき聞こえ来るカツンはスケボーの技を磨けり　島田幸典

そういえばこんな光景を見たことがある。上手に場面を切り取っている。「カツン」以降のリズムがやや間延びしている（河野）。「カツン」までで読んできてゲートボールかと思った。「カツン」以降は文体にひねりがある（中津）。「カツンは」の「は」は浮遊する「は」。佐藤佐太郎の「連結を終りし貨車はつぎつぎに伝はりてゆく連結の音」の「貨車は」の「は」と同じ、意識が流れていく「は」。生々しい意識の流れがあって、リアルな現場感が詠われている（大辻）。下の句は脱力系の面白さ（林）。といった批評が出た。

そしてアフターへ

このような感じで出された歌すべてに対して何らかの評がなされ（この日は評の入らなかった歌はなかった）、二時間で歌会は終了。金曜日の夜、ということもあり終了後、有志で近くの居酒屋に移動して打ち上げとなる。なにもアルコールでなくてもいい、午前や夕方に終わったのなら近くの喫茶店でもいい、この二次会まで含めて私は歌会の一部だと思っている。歌会の場で発言できなかったことや、躊躇《ためら》われた質問や疑問なども二次会の打ち解けた場でなら話せる。短歌の話ばかりでなくてもいい、数時間真剣に歌と向き合ったあとの心地よい疲労感を酒やコーヒーやスイーツでなだめながら話すひと時もいいものだ。

私が五日連続参加するぐらいに、とにかく歌会は楽しい。極端なことを言えば、二人か三人集まれば歌会はできる。一首の歌についてああでもないこうでもないと議論するという、なにも生み出しはしないが贅沢《ぜいたく》な、最高の娯楽を是非体験してみてほしい。

地域と短歌を結ぶ

伊藤一彦

短歌の仲間をつくる

短歌を詠むと、その作品を誰かに読んでほしくなる。自分の思いがちゃんと伝わっているか、出来栄えはいいだろうか、が気にかかるからである。家族や友人で作品を読んで批評してくれる人がいればいいが、そうでない人のほうが多いはずである。では、どうするか。新聞の短歌欄や短歌雑誌の投稿欄に応募するという方法がある。採用されたりされなかったり一喜一憂の日々である。

もっと顔を合わせて直接に自作についての意見を聞いたり、短歌についてのもろもろの話をしたりする仲間が欲しくなるのは当然である。新聞や短歌雑誌の選者は目に見えない相手であり、フェイストゥフェイスで語り合える仲間を求めたくなるのだ。そんな仲間がいる人は作品も成長し発展しやすい。自分一人で考えているより、アドバイスを受けたりする機会ができてくるからである。

いわゆるカルチャー教室の短歌講座はその点で便利で利用しやすい。会費さえ払えば受講できるし、講師の先生の批評を受けたり、短歌について語り合う仲間もおのずとできたりする。大都市の場合はいくつもカルチャー教室があって、どの教室を選ぶかむつかしいかもしれないが、基本的には教室は出入り自由なので、自分に合わないと思ったらやめればいい。

短歌の世界で、結社と呼ばれているのは指導的歌人を中心に歌会を行い、歌誌を発行し、会員同士の友好を深めている集団である。本部の他に、各地に支部の歌会を持っているところが多く、自分の住んでいる地域にその支部があれば参加しやすい。ただ、カルチャー教室と違って入会や退会には一定の手続きなどがある。その意味では結社の選択には慎重さも必要である。情報を得ることであろう。

いずれにしても、短歌の仲間を地域に得ることは、作歌力の向上におおいに役立つし、人生の喜びを増すことにもなる。

一例として私の場合――地域で仲間を求めた

一般論を述べてみた。以下、具体例として、宮崎県に住む私の場合を記してみよう。私は東京の学生時代にクラスメイトの福島泰樹のすすめで短歌を始めた。彼は大学の短歌会に所属して活動しており、すでに四年生だった私も歌会などに参加していろいろ学ばせてもらった。が、私は大学卒業後すぐに郷里に帰ったので、短歌会の歌仲間と別れて、宮崎でひとりになった。ほそぼそながら熱心に作歌は続けていた。それだけ短歌の魅力に引きつけられていた。五七五七七の形式をもつ短歌だから表現できる自分の何かを感じていた。ただ一生懸命作っても読んでくれる人はいなかった。意見を言ってくれる人がいなかった。そこで、総合誌「短歌」の読者投稿欄に幾度か投稿した。入選したり選外だったりだが、励みになった。現在は短歌総合誌もいくつかあり、またどの新聞も短歌の投稿欄をもっているので、意欲ある人はおおいに挑戦されるといい。新聞はメールでの投稿も受けつけるところが多くなり便利になっている。

そんな投稿を時に試みているときに、大学の友人だった福島泰樹から「自分は『心の花』に入っている。君も入ったらいい」との誘いを受けた。「心の花」は大学短歌会の先輩の尊敬する佐佐木幸綱がおり、迷わず入会した。結社に入ってよいことは短歌を何首か送ることができることである。締め切りが毎月あるので、なまけてはおられない。そして投稿した作品は選者によって選歌され、たとえば八首投稿して四首掲載されるとかである。何首とられたかも気になるが、どの歌がとられて、どの歌がおちたかもおおいに勉強になる。私は結社に入ってよかったと思う。目標を与えられた気がする。ただ、私が「心の花」に入会したころ、宮崎には支部の宮崎歌会はなくて、誌上だけの参加だった。短歌についで地域で語り合う仲間はいなかった。

郷里に帰って四年目だったと思う。宮崎県歌人協会の主催する短歌シンポジウムが行われるという情報を得て、初めて参加した。ほとんどが私より年上だったが、よき歌仲間を得ることができた。、比較的に私の年に近い三十代の人と連絡を取り合うようになった。そして、所属結社は異なっている六人で同人雑誌をつくり、各自が作品を発表し、文章も書き、互いの作品の批評も行っていこうという気運が高まった。地域の歌仲間をみんな欲していたのである。六人の共通点は同じ宮崎県に住んでいるということだけで、作風はばらばらと言っていい。六人のめざす方向は違っているかもしれない。同人雑誌の名前は「むき」となった。それぞれの向きでよろしいという意味だったと思う。

しかし、その「むき」は四号までしか続かなかった。同人の六人は意欲的だったが、狭い地域で馴《な》れ合いも生じたような気がする。そして、周りに対し閉鎖的で、「少数精鋭」を気取っているように周囲には見えたと思う。気持ちははやっていた。しかし、組織論がなかったと思う。地方で短歌を学ぶ者同士の組織がどうあったらいいかの考察が不足していたのである。

現代短歌、南の会の創設

それから、五年ほど後だろうか。新たな地域集団として「現代短歌・南の会」を熊本の安永蕗子、宮崎の志垣澄幸、浜田康敬とたちあげた。全国的に現代短歌シンポジウムの機運が高まったころで、北海道に札幌を中心とした「現代短歌・北の会」ができたという情報が入り、九州でもそんな短歌集団の誕生が望まれていた期待にこたえて「現代短歌・南の会」(以下、「南の会」と略する)をつくったのである。会のあり方は自由で、「北の会」と「南の会」で運営の方法はちがっていてよかった。私は前から親しい前記の安永、志垣、浜田と相談して運営方法を決めた。主なことを箇条書きにして記せばつぎのようである。

①地域に根ざす集団であること
②誰でも参加できる集団であること
③会員制をとらず、したがって年会費などはない(研究会の自由参加)
④当日の研究会に参加した人が(一日限りの)会員であり、その日の参加費を払う
⑤研究会はテーマを設けて討論し、自分たちの作品の歌会は当分行わない
⑥希望の有志による雑誌を発刊する

補足したい。①の地域は出発の地点では宮崎、熊本、鹿児島であるがやがては九州全体としたい。九州といっても、各県、各地域で特色があり、一色ではない。その異質の部分を活動のエネルギーとしたいと考えた。②③④については「現代短歌・南の会」独自である。私の頭にあったのは「べ平連」(ベトナムに平和を!市民連合)の運動の仕方である。運動体としての規約はなく、会員制をとらず、当日のデモに参加した人が会員であるが、その日だけの会員である。次回のデモ、次々回のデモに参加しても、その都度の会員であ

る。組織であれば、組織の維持や拡大が重要になり、たとえばデモの参加者の数の多寡が問題になるだろう。しかし、「べ平連」は運動体であって組織ではないのでそんな表面上の現象には頓着しない。重要なのは、その都度の本人の自由意思である。私はこの「べ平連」に学んで「南の会」の運営を考えた。⑤については、歌づくりをしている人のなかには自作への意見や評価だけを求め（それでは作品は発展しない）、短歌そのものをしっかり勉強しようとしない人がいる。そういう人の参加を避けるためである。もっとも、会の精神が理解されるようになってからは、歌会も開くようにした。その歌会はかなり厳しいものだったと思う。遠慮なく他の人の作品を批判していい雰囲気がつくられていたからである。⑥も機が熟してからの発行を考え、会ができて二年後の発行だった。誌名は「梁《りょう》」にきまった。中国のかつての南朝の国名であり、南の気概を示そうという誌名だった。『梁塵秘抄』の「梁」も意識していた。地方にいると、「中央」に対して自らを卑下したり、反対に尊大な態度をとったりする傾向が見られるが、「南の会」は独立した自由な精神で「梁」を編集し、発行した。よき仲間が集まってきた。創刊号以来、私が編集をまかされている。現在、１０５号まで出している。特別の派手な活動はしていない。四十年以上続いているのはみんなの短歌に対する熱意である。参加者も当初は宮崎、熊本、鹿児島だったが、今では九州全体、さらに九州ゆかりの人も参加できるようにしている。短歌を愛し、短歌を学び、短歌の仲間を求める人はどこの地域にもいる。そんなひとりひとりを大切にする会であればおのずから発展すると思う。

また「南の会」を始めて十年後ぐらいだったと思う。「心の花」宮崎歌会を発足させることができた。数名のささやかなスタートだったが、同じ結社に所属している親近感から楽しい歌会ができた。いつのまにか四十名ほどの歌会になり、皆さんの熱心さに圧倒されるほどである。会の運営その他のために献身的な活動をしてくれる人がいてありがたい。

若山牧水という先人

全国どこの都道府県でも、すぐれた先人がいるはずである。そのなかには歌人もいるのではないか。有名無名の差はあっても、短歌の伝統をもつわが国であれば、きっと地域の先輩になる歌人が存在するように思える。その先輩歌人を顕彰し、自分たちの作歌の原動力のひとつにするのも大切と思う。

宮崎県の場合、若山牧水がいた。牧水といえば、誰でも思い浮かべる歌がある。

幾山河越えさりゆかば寂しさの終《は》てなむ国ぞ今日《けふ》も旅ゆく
白鳥《しらとり》は哀《かな》しからずや空の青海のあをにも染まずただよふ
白玉《しらたま》の歯にしみとほる秋の夜の酒はしづかに飲むべかりけれ

いずれも若いときの作で、一首目と二首目は歌集『海の声』、三首目は『路上』に収められている。これらの歌などによって牧水は「旅と酒の歌人」と呼ばれ、人びとにその作品を愛誦されている。

しかし、今の日向市東郷町出身の牧水の評判はかつては地元の宮崎ではかんばしくなかった。というのは、牧水は医者の家の長男でありながら医業を継がず、当時の世間から見れば役にもたたない文学の道に進み、東京で好きなことをやりながら故郷の両親を捨てておいている親不孝の息子と語る人が多かったからである。家計の苦しいなかをわざわざ東京まで進学させてもらって一体どういうことだという声がうるさかったのである。地元にとっては道路や橋を建設してくれる人のほうが有り難かった。

じつは歌壇でも、牧水は作品の人気はあるものの、それほど高い評価を受けていたのではなかった。明治四十年代にはなばなしく歌人としてデビューしたものの、大正時代は「写実」を重んじる「アララギ」が大きな力をもった。牧水は昭和三年（一九二八）に世を去った。その後の昭和歌壇は新しい作風が生まれたもののやがて戦争。戦後は戦前の短歌の反省に立って思想や技法を重視する短歌が大きな動きを見せた。目立たない存在であった牧水が注目されるようになったのは昭和五十年（一九七五）ごろだろうか。オイルショックで高度経済成長の夢が敗れた時期である。物質や経済が必ずしも人間に幸福をもたらすものでないことが明らかになり、社会のなかでわれわれはどんな価値観で生きたらいいかという問いにこたえる作品として、牧水は評価されたのである。当時は公害問題が深刻であり、牧水の作品は自然と人間との本来的な関係、自然を土台として営まれる人間社会の人と人との関わりのあり方について、根本的に考える手がかりを与えてくれるものと考えられたのである。詩人の大岡信や佐佐木幸綱の斬新な牧水論が発表されたことも大きかった。

ちょうどそのころ、宮崎では牧水生誕百年となる昭和六十年（一九八五）を前にして牧水に対する再評価の気運が高まってきていた。地元の宮崎日日新聞は文化欄で大規模な特集を行い、それは『若山牧水』の単行本となって当新聞社から出版された。さらに生誕百年の年、宮崎日日新聞社主催で宮崎県延岡市において文芸評論家の山本健吉の記念講演会「牧水短歌の底にあるもの」が行われた。新しい牧水観を示すこの講演を巻頭にかかげて角川書店の短歌総合誌「短歌」が「特集・若山牧水─生誕百年記念─」を出したのはこの年の八月号だった。一〇〇ページをこえる充実したこの特集は牧水作品の再評価だけでなく、短歌のもつ魅力をあらためて知らしめるものとなった。県内の歌人は、もちろん私も含めて、牧水に学ぶことで、作歌のエネルギーを得た。牧水の短歌、歌論、紀行文を財産として活用したのである。

宮崎県における牧水の場合を記したが、全国どこの県でも先人の歌人がいるはずである。地域の先人を顕彰することは自分たちの力を増すことにもなるのである。

地域に根ざす若山牧水賞

牧水を顕彰する県内の歌人の動きの高まりのなかで、全国で一年間に発刊された最もすぐれた歌集に贈る若山牧水賞が創設された。平成八年（一九九六）に第一回の受賞作として高野公彦歌集『天泣』が選ばれた。賞の主催は宮崎県、宮崎日日新聞社、牧水ゆかりの日向市と延岡市で、選考委員は大岡信、岡野弘彦、馬場あき子、伊藤一彦の四名。方針として次のことが決められた。

①選考委員会、授賞式は宮崎県内で行う。

②受賞者は宮崎日日新聞に牧水論を連載する。

③受賞者は受賞後に日向市や延岡市で牧水についての講演を行う。

補足を記す。①については、地方の文学賞は授賞式は自分たちの地方で行っても、選考委員会は東京が普通である。しかし、牧水賞は選考委員会も宮崎市で行った。選考委員会の翌日に全委員が出席して記者会見を行い、受賞作を発表し選評を述べるのである。会場に地元のテレビ局と新聞社、そして全国紙の宮崎支局、すべてが駆けつけてくれる。それはその日の各テレビ局のニュースとなり、翌日の新聞の大きな記事になる。県民に関心を抱いてもらうためである。②と③については、県民に牧水と短歌への興味を深めてもらうためである。そして、現在では県内の高校への受賞者による講演会も行っている。賞を県民に役立つものとして企画し、運営しているのである。授賞式会場はいつも満員で、授賞パーティも県内外の歌人の交流の場として盛会である。令和四年（二〇二二）で二十七回を迎えますます発展し、県民の期待する事業になっている。現在の選考委員は私のほか、牧水賞受賞者の佐佐木幸綱、高野公彦、栗木京子である。

「老いて歌おう」大会と牧水・短歌甲子園

若山牧水賞が全国トップクラスの歌人を顕彰するのに対し、もっと多くの人たちに短歌に親しみ、生き甲斐《がい》にしてもらう企画も大切である。とくに高齢化社会の今、高い年齢の人たちに短歌の喜びを味わってもらいたい、そんな願いで始まった「心豊かに歌う全国ふれあい短歌大会」が宮崎県にある。介護や支援を受けている高齢者、その人たちを介護している家族や施設職員などの短歌大会である。宮崎県社会福祉協議会が事務局を引き受けている。「空の会」というボランティア組織も活動している。最初は宮崎県在住の高齢者を対象に始まったが、現在は国内すべておよび世界（台湾やブラジルなど）から作品が寄せられる。毎年三千首ほどが寄せられ、一人一首は鉱脈社発行の『老いて歌おう』のアンソロジーに収められる。現在すでに第二十二集を出している。令和五年度の入賞作品から二首引いてみよう。

親が決め時代遅れの見合婚今こそ言おう好きだよ千恵子　長倉幸夫（宮崎）

若い頃不気味に見えたおばあちゃん今の私はもっと年上　中村ユキ子（滋賀）

一首目の作者は九十七歳、二首目は九十四歳である。表現せずにいられない気持ちが強く伝わる作品で、短歌の原点を教えられる気がする。

高齢者が自己表現をしたいという気持ちをもっているのと同様に、若い人たちも強い自己表現の欲求をもっている。そこで、牧水の生誕地である日向市では「牧水・短歌甲子園」を毎年開催している。三人が一チームとなり、与えられた題の短歌を詠んで、相手校と対戦するのである。対戦というのは歌をめぐってのディベート（討論）である。若者らしい率直な発言は聞き応えがある。その後で歌人の審査員が勝ち負けの判定をする。牧水も今の高校生の年齢で短歌を始めている。長い伝統をもつ短歌が若い世代の意見交換の有力なツールとして働いている。

宮崎では「短歌県」という言葉をよく耳にするようになった。本当に「短歌県」かどうかはともかくとして、宮崎県での短歌の行事はここに挙げたもの以外にも多い。確かに短歌が地域の人たちに生き甲斐を与え、心の交流に役立つものになりつつある。

小説のなかの短歌

太田真理

短歌を題材にしたり、ストーリーを推進させる契機としたりしている小説にはどのようなものがあるだろうか——と考えると、「和歌」が筋書きや登場人物の心情に深く絡む小説は多く思い浮かぶが、「短歌」を軸に据えた作品はあまり多くない印象がある。なぜなのだろうか。

たとえば古典和歌の代表として『万葉集』の歌は、近現代の小説のなかでも数多く取り上げられてきた。昭和期には井上靖『額田女王』をはじめとして、一人の歌人を取り上げ一代記的な作品をなすような歴史小説が多く書かれ、作品にはその歌人の歌が効果的にちりばめられていた。近年発表されたものでは、髙樹のぶ子の『小説　伊勢物語　業平』（二〇二〇年）、『小説　小野小町　百夜《ももよ》』（二〇二三年）がこの流れを汲《く》むものであるといえよう。『業平』は平安時代の歌物語である「伊勢物語」を、現代語訳ではなく、主人公とされる在原業平の和歌を中心に置いて大きく組み換えを行い、その生涯を小説化した。『百夜』は、同じ平安時代の「六歌仙《ろっかせん》」の一人であり絶世の美女伝説が残る小野小町の生涯を描く。『古今和歌集』と『後撰和歌集』にのみ作品が残る小町であるが、著者は小町の歌を熟読玩味《がんみ》するなかで、初期の、恋の相手に対して詠んだとされる和歌に新解釈を与えた。

思ひつつ寝《ぬ》ればや人の見えつらむ夢と知りせば覚《さ》めざらましを

（『古今和歌集』恋二・五五二）

髙樹はこれを、小町が幼いころに引き離された母に対する思いであると大胆に読み替えた。解釈の是非は別として、このような読みが可能になるのも、古典和歌は長い年月を経て、その主題や意味が広く「共通知」として共有されていることが根底にあるからなのではないか。小説家によって提示された新しい読みや解釈を読者が受けとめ、あらかじめ自分の持っている知識や解釈と照らし合わせて吟味《ぎんみ》することができるのである。

しかし、短歌となると少々状況が異なるようだ。明治期に始まる近代短歌は、こうした古典和歌の伝統的な世界から離れ、近代的な自我や個性的な心情を詠んだ作品となった。そして現代に至り、短歌はより用語にとらわれず、口語も取り入れて自由に詠まれるようになっている。発表形態も歌集などの紙媒体に限らず、インターネットのウェブサイトやSNSによるものも多い。一首一首がより個的な存在であるといえるため、広く小説の素材となりにくいのではないか。しかし、長編の小説ではないものの、短歌を取り入れた小説は散見される。本稿では現代の小説のなかから和歌、短歌を軸に据えた作品をいくつか取り上げ、その特徴について考えてみたい。

佐藤雫『言の葉は、残りて』（二〇二一年）は、歌人としても知られる鎌倉幕府三代将軍源実朝《さねとも》と、都から嫁いできた公家出身の妻、信子《のぶこ》が主人公である。歴史小説の流れを汲むものながら、和歌の解釈というよりも、和歌の力が主人公を覚醒させ、主人公の歴史的解釈に一石を投じる描き方をしている。かねてから都の文化に憧れを抱いていた実朝は信子を通じて和歌の世界を知るのだが、小説の推進力として随所に実朝の歌が用いられている。箱根《はこね》権現《ごんげん》参りの途上、相模川《さがみがわ》にてこれまで歌の修練では感じたことのない感動、「言《こと》の葉《は》を紡ぎ出す喜び」を感じた場面は次のように記されている。

「美しい夕月夜だなあ」

実朝は呟くと、川の音に耳をすませた。舟のたてる波音は、鎌倉で聞く雄大な海の波音とは違って、静かでどこか寂しかった。

その波の音に揺られながら、実朝の心も揺れるようだった。揺らぎの中から、何かが溢れ出てくる不思議な感覚がした。溢れ出ては消えていくそれを、実朝は消える前に掴み取ろうとした。まるで梢から零れ落ちては消えていく雫を懸命に受け止めすくい取ろうとするような……実朝は感じるままを言葉に乗せた。

夕月夜　さすや川瀬の　水馴《みな》れ棹　なれてもうとき　波の音かな

（夕月夜の淡い光が射し込む川をゆく舟、その舟の棹が水に馴れ親しんでいるように私も波の音には馴れ親しんでいるはずだけれど、なんとも心憂い波の音であることよ）

朗々と歌い上げると、実朝は体の奥から何かが芽生えるような気がした。

『金槐和歌集《きんかいわかしゅう》』雑部・五九一に所収の歌が登場する。御家人たちの思惑に左右され非力な三代目を自覚しながらも、和歌を知ってからは言の葉の力で世の中を治めたいと願い、もがく様子は母政子に対する次の言葉に表れている。

「それに、私はこれからの世の将軍に求められるものは、力ではなく、心だと思います。力に物を言わせて、気に入らぬ相手を叩けばいいというやり方では、いずれ綻《ほころ》びが出ます」

「（略）父上は武でもって世を治めた。ならば私は言の葉で世を治めんと、私はそう願うのです」

若くして命を終わらせる運命には抗《あらが》えなかった実朝であるが、詠まれた和歌は歌集として後世に遺《のこ》ることになった。失意の底にいた信子は、言の葉になった露(和歌)はもう消えることはないと見定める。言の葉の永遠性を読者に強く語りかける小説である。

次に、加藤千恵『あかねさす　新古今恋物語』(二〇一三年)を挙げてみたい。加藤は二〇〇一年に短歌集『ハッピーアイスクリーム』で高校生歌人としてデビューした後、二〇〇九年に小説を発表。以後、小説、詩、エッセイなど様々な分野に作品がある。この作品は二十二編のオムニバス短編小説である。特徴的なのは、はじめに『新古今和歌集』の和歌を一首挙げ、そこから想起されたと思われる恋物語をはさんで自身の短歌を組み合わせた〈古典和歌―小説―短歌〉で一組みという構成になっていることである。それぞれの小説は現代の、身近にありそうな恋の諸相を描いていて、「なるほど」「あるある」と読み進められる。第十六話「君と一緒に生きていきたい」は、冒頭に廉義公《れんぎこう》(藤原頼忠《よりただ》)の歌を載せる。

きのふまで逢ふにしかばと思ひしをけふは命の惜しくもあるかな

(『新古今和歌集』恋三・一一五二)

[訳] 昨日までは、命と引き換えにしてもあなたに逢いたいと思っていた。けれど念願かなってあなたと逢った今日は、命が惜しくなっています。

大学生になったばかりの「あたし」は漠然と「恋はしたいな」と思っている。やがて気になる男子に恋をするが、恋とは想像以上に苦しく切ないものであることに気づき悩む。

毎日、眠る前にあたしは窪田くんのことを考えた。それ以外の時間帯だって考えていたんだけど、眠る前には特に強く。彼女になりたい、と思った。彼女という名の、特別で唯一なもの。もしもそれが叶《かな》うのなら、たとえば寿命が少しくらい短くなってもいい。一瞬でもいいから、現実になってほしかった。

その後思いがけず「窪田くん」から告白され、嬉《うれ》しさでいっぱいになる。その時の心を詠んだ短歌は次のようなものであった。

死んでもいいなんて真っ赤な嘘だった　君と一緒に生きていきたい

ここに挙げられた和歌と短歌は独立して味わうこともできるし、それを関連付けた作者の意図をあれこれ想像してみることもできる。恋愛真最中の人も、恋を過ごしてきた人も、忘れられない恋が始まる一瞬のときめきを、読者は和歌と小説と短歌とが響き合う世界に見出《みいだ》し、楽しんだり懐かしんだりすることになる。まさに新しい「古《いにしえ》」と「今《いま》」が紡《つむ》ぎ出す物語である。

千葉聡の『90秒の別世界　短歌のとなりの物語』（二〇一九年）は、見開き二ページ、90秒ほどで読める一話完結の物語、いわゆるショートショートを百編集めた短編集である。著者は歌人であり、本作が小説デビュー作である。ショートショートの最後に、著者が選んだ近現代の短歌を組み合わせて置くことで、小説だけでは完結しない広がりのある世界を作り出している。

百の短編には実に様々な主人公が登場し、様々なストーリーが展開される。アンネ・フランクの姉の一日だけの日記、ある場所に行くと不思議と事件の真相に思い当たるという場所があり、そこは大昔ベーカー街と呼ばれていた、といった既存の文芸作品を発想の出発点としたものや、死を前にして一日だけ過去の好きな時間に戻り大切な人との邂逅《かいこう》を果たしたり、「つまらない人生」を送ってきたと思われている寂しい女性の最期の時に夢をかなえるプレゼントをするサンタクロースと思《おぼ》しき紳士が登場したり、といったファンタジーもありバラエティーに富んでいる。

「92　十三階のペロ」では、十一歳の雅史は引越しにあたり車に乗り込んだ両親を待たせ、十三階に住む友人「ペロ」に別れを告げに行く。それは転勤族で友達ができない雅史が両親を安心させようと作り出した架空の友達だった。「ペロがいると思うことで、自分もなんだか幸せになれる。僕は幸せを作りたいんだ」というその優しい嘘は雅史自身も助けていたのだった。この話に組み合わされていたのは次の短歌である。

天つ影過《よぎ》ると見て振り向けど窓外の虚無輝くばかり

（高原英理『歌人紫宮透の短くはるかな生涯』）

「30　ロボットが教えてくれたこと」では、研究が遅れ気味のロボット研究者が、半分だけできあがったロボットを車の助手席に乗せ研究者の村を脱出しようとする。しかしロボットの言葉で他人の成果と自分を比較することの無意味なことを悟り、自分なりの研究の場へ戻っていく。

抜かれても雲は車を追いかけない雲には雲のやり方がある

（松村正直『駅へ』）

「短歌のとなりの物語」という副題があるので、著者の中では短歌が主にあって、そこから想像力豊かに編み出された小説と短歌が互いに響き合い、不思議な統一感を持った世界を作り出していると読める。本来独立して詠まれた短歌を、オリジナルストーリーと組み合わせるのも、歌人である著者の手腕であろう。作品は生まれた途端に作者を離れ独り歩きするというが、一首一首の短歌は小説との組み合わせによって新しい意味を吹き込まれた。短歌の作者と所収歌集も書いてあるので、本書をたよりに短歌の作者の他作品や、歌集に親しんでいくガイドともなることだろう。

最後に村上しいこ『うたうとは小さないのちひろいあげ』（二〇一五年）を取り上げたい。村上は、絵本から小説まで幅広く執筆しており、本作品は児童文学のなかでもいわゆるYA（ヤングアダルト）文学のジャンルに入る。YAとは主に、中学生・高校生を中心とした十代の「子どもでも大人でもない世代」をいうが、もちろん大人が読んでも魅力的な作品は多い。

高校一年生になった桃子は、ふとした偶然から「うた部」に入部させられ短歌に出会う。初めて短歌を作ることになった桃子に、うた部の先輩や顧問が歌作の手ほどきをする。「五七五七七の、初めの五を頭、次の七を胸、そして三句目の五を腰、下の句の七七を尾と言うの」「あくまで基本ですが、上の句では述べる、下の句では伝える。そう考えるといいかもしれません」「まあ、しいて言うなら、『混ざる』をかなで『まざる』と書いたほうが、見た感じバランスがいいし、リズムよく読める。短歌は視覚や聴覚も意識して作る必要がある」などといった場面は、桃子と同じようにこれから短歌を始めようとする人へのやさしい短歌論にもなっている。

一方桃子には、いじめから不登校になり関係がぎくしゃくしてしまっていた友人綾美がいた。それを知った「うた部」の仲間は綾美も引き入れ、一緒に短歌甲子園に出場することなる。

「短歌っていうのはさ、誰かがこの気持ちを必ず理解してくれるって、そう信じる心から生まれるものだから。もしよかったら、わかり合える人を一緒に探そ」

そうして迎えた短歌甲子園で桃子と綾美は連歌《れんが》を詠むことになる。桃子の心の籠もった上の句を受け取った綾美は、大会中に下の句を付けることができない。しかし、綾美は精一杯の心で桃子の気持ちに応えようとし、遂に下の句を詠み二人で一首の歌を完成させる。

「うたうとは小さないのちひろいあげ……」

「……宇宙へ返すぬくもりをそえ」

もちろん、この先、不安はいつもついてまわると思うけど、私は一人じゃないと信じて生きることに決めたよ！

短歌を通じて「わかり合える人」を探し出せた綾美の心は解き放たれ、力強く新しい一歩を踏み出した。いじめ、進学、部活、友人関係といった、学生生活に普遍的な問題の渦中にある読者に向けて、著者は、自分と向き合う力、人と人を繫《つな》ぐ力を育てる一つのツールとして短歌を据えたのである。

これまで見てきたように、短歌を取り入れた小説は、ライトノベル、短編集、ＹＡ小説などが多い傾向がある。ここで挙げた小説は紙媒体のものであるが、インターネットやＳＮＳなど既存の方法に囚《とら》われない自由な発表と享受の方法も興味深い。今後どのように発展していくのか、楽しみな分野であるといえよう。

戦争と短歌

月岡道晴

はじめに

ひらひらと手をふりて笑ふ大統領。そのひと振りに　人多く死す

「ぼくは断然、ビンラディン支持だよ」と言った岡野弘彦（一九二四―）の声が、わたしの耳にいまも忘れ難く響いている。歳の暮れの万葉旅行で、「髭《ひげ》・鬚《ひげ》・髯《ひげ》」と題する連作の初出稿のコピーを手渡されながら聞いたことばだ。原稿には「ひげ白みまなこさびしきビンラディン。まだ生きてあれ。歳くれむとす」という、岡野の筆跡による詠作があった。アメリカがアフガニスタンで対タリバンの報復戦争を仕掛けていた頃だった。

十字軍をわれらたたかふと　言ひ放つ　大統領を許すまじとす（『バグダッド燃ゆ』）

街に満つる阿鼻叫喚の声にすら　ためらひもなく　火を浴びせゆく

信篤き大統領は　異教徒を　屠《ほふ》りつくして　こと足るとせむ

アフガニスタン紛争およびイラク戦争の感情面における本質は、岡野の目にはアメリカによる異教徒の殲滅《せんめつ》だと捉えられた。旧ユーゴスラビアの紛争を放置し、イスラエルの非道を肯《うべな》ってきたこの国が容赦無くアラブの民に銃を向ける姿勢には、そのようにしか説明できぬ面もあろう。冒頭の一首は、こうした欺瞞《ぎまん》に充《み》ちた戦争のありさまを感覚的に抉《えぐ》り出している。殲滅の阿鼻《あび》叫喚が大統領の手の一振りから始められる。笑いながら振られるその手の何と軽薄に振られることか。多くの死者を出した二〇〇一年九月十一日の同時多発テロは無論肯われてよいわけがない。だがこのように痛みなく無法を続けてきた国家にそれをせめて自覚する機会はなくてはならなかった。あえて自らの手を汚し、凄惨《せいさん》な報復を受ける危険を冒しながらも、それを実行したことに対して岡野は共感を寄せたのだろう。

東京を焼きほろぼしし戦火いま　イスラムの民にふたたび迫る

わが友の面わ　つぶさに浮かびくる。爆薬を抱く少年の顔

地に深くひそみ戦ふ　タリバンの少年兵を　われは蔑《な》みせず

共感は、中東の戦火がかつてのわが国のそれと重ねられることにもよる。タリバンの少年兵の姿は、かつて皇国の兵として塹壕《ざんごう》に潜んだ作者自らと重ねられているのだ。

辛くして我が生き得しは彼等より狡猾なりし故にあらじか　（岡野『冬の家族』）

これは帰還兵の「サバイバーズ・ギルト（生き延びた者が罪悪感に苦しむ心理）」を詠んだ典型的な歌で、『戦艦大和の最期』を書いた吉田満は、この歌をしばしば口ずさんでいたと伝わる。戦争を兵士として直接体験した戦中派の両者には、この歌を架け橋にして響き合う心情があったのだろう。戦争を未《いま》だに駆逐できぬ人間世界の、平穏な側に生きてそれを作品化するとき、戦って死ぬ側に対してこちら側に「狡猾《こうかつ》」な面が存在するからこそ、辛《かろ》うじて平和が保たれていることを我々は嚙《か》みしめる必要がある。

短歌では「正しいこと」を言わなくてよい

さて、こうしてごく私的な経験を語ることでわたしが印象付けたいのは、短歌では、そしてまた文学では所謂《いわゆる》「正しいこと」を言わなくてよいということだ。そもそも一人称視点の文学である短歌では、表現内容がとかく作者と等価で捉えられやすいために、どんなに虚構的なことを描いても、それが倫理的な範囲を逸脱している場合に、作中主体ではなく作者自身が人倫に反するとして非難されやすい。したがって、とくに戦争など人の生死を扱う題材を詠む際に、一般的な価値観と異なる主張や思想を作品に造形することが容易でなく、作者に一線を踏み越えるような恐れを抱かせてしまう。だからロシアによるウクライナ侵攻や、イスラム武装組織ハマスによる攻撃に端を発するイスラエルのガザ地区への侵攻が進行中の現在にも、日本中で膨大な数が生み出されている戦争詠は容易に「正しさ」の側に画一化しやすく、まるで標語を生産するのと同様になってしまう危険性を常に孕《はら》んでいるし、また実際そういう作が世に溢《あふ》れていることにわたしたちは自覚的でありたい。

文学は社会の、いや世界のどんな制約にも縛られずに表現できる手段であるはずなのに、進んで倫理の重い足枷《あしかせ》に雁字《がんじ》搦《がら》めとなってはなるまい。山田富士郎（一九五〇―）はベトナム戦争時の二十六年間の新聞投稿欄の入選歌を調査し、その反応のありようが①驚き、②アメリカはけしからん、③ベトコン頑張れ、④日本はけしからん（右傾化が怖い）、⑤早く平和になれ、⑥アメリカ軍、政府軍、反政府軍どの兵士の死もいたましい、の六種の枠内にほぼ収まると指摘して、これを「ジャーナリズムの与える情報に対して受身で、情報の行間を読もうとする姿勢に乏しく、それでいて即自的に反応する」と総括している。

戦争の当事者だった人々の歌

岡野弘彦の師の釈迢空《しやくちようくう》（一八八七―一九五三）は、

いさましきにうす映画に、うつり来《コ》ぬくさむら土《ツチ》を思ひ、かなしむ（『遠やまひ《び》こ』）

と詠んだ。誰もが携帯端末を手にし、虚偽《フェイク》をも含む情報の受信／発信者となっている現在にあって、我々はマスメディアやウェブ上に溢れる視聴覚情報に依存しながらそれを充分に吟味もせず、脊髄反射的に戦争反対、虐殺停止と三十一文字の教条主義的なお題目を垂れ流しているのだが、この中に「くさむら土」が臭う地べたに這《は》いつくばって漸進する生身の兵士への想像が、どれほど結晶化されて一個の作品となり得ているだろうか。

突撃直前の吾が意識にふと浮びしはアネモネの紅きひとひらなりき
（『渡辺直己《わたなべなおき》歌集』）

ひきよせて寄り添ふごとく刺《さ》ししかば声も立てなくくづをれて伏す
（宮柊二『山西省』）

息絶えし胸の上にて水筒の水がごぼりと音あげにけり
（山崎方代《ほうだい》『右左口《うばぐち》』）

人に語ることならねども混葬の火中にひらきゆきしてのひら

（竹山広『とこしへの川』）

太平洋戦争の当事者だった人々の各一首を引いた。どの歌からも当事者にしか知り得ないリアルが読み取られよう。渡辺直己（一九〇八―三九）は日中戦争に従軍し、昭和十四年八月に官舎の浸水による石灰の爆発で亡くなった。翌年に刊行された歌集は大きな反響を呼んだ。引用歌の前には「アネモネの花紅々と咲き出でぬ戦ひて大陸の春も更けたり」という歌がある。殺し合いにゆく兵士の脳裡に不意に割り込んできたアネモネの花の紅いひとひらが、凄惨な殺戮《さつりく》の描写の連続の中にあるからこそ鮮烈に読者の印象に残る。

戦後歌壇を代表する歌人宮柊二（一九一二―八六）は、中国山西省で五年にわたって従軍した経験を収録歌集にまとめている。右の歌は夜襲を受けた際に敵兵を刺殺した数瞬の間を詠んだ。意識を喪失した人は膝から崩れ落ちると聞く。順を追って即物的に描写を連ねることで、命の失われた肉体の重量が手に触れるように読者に読み取られよう。「ひきよせて寄り添ふごとく」という点に仄《ほの》かに性愛《エロス》と死《タナトス》が漂っていることも見逃せない。

山崎方代（一九一四―八五）は野戦高射砲隊の一等兵として南島を転戦し、右目を失明して野戦病院で終戦を迎えた。引用した歌では息絶えて身動きをしない遺体の胸の上で、水筒がごぼりと濁った苦しげな音を立てたという。水と食料は兵士をこの世と繋《つな》ぎ留める紐帯《ちゅうたい》だったことを思うと、この水音がまるで幽霊《ファントム》のしわざのようにも感じられよう。

戦争の被害者の側の作にも注目しておきたい。二十五歳だった竹山広（一九二〇―二〇一〇）は結核療養のため長崎の病院に入院しており、退院予定日に原子爆弾が投下された。病院は爆心地から千四百メートル離れていたが全焼し、竹山は火傷《やけど》を負った兄を雑木林の中で五日後に看取ったという。この一首は多くの遺体を積み上げて火を点《つ》けたなかで、ある手のひらが少しずつ開いていったと詠んでいる。竹山はその手のことを誰にも言わぬながら忘れられずにいた。収録歌集は作者が被爆から三十六年後に出した第一歌集だ。

当事者にしか戦争は詠めないのか

ここでわたしは自戒を込めて断言しなければならない。「当事者性をもたない戦争詠は文学ではない」と。だがそれならば、戦争の当事者だった者にしか戦争は詠めないのだろうか。無論そんなことはない。小池光（一九四七―）の「生存について」から七首を引こう。

かの年のアウシュヴィッツにも春くれば明朗にのぼる雲雀もありけむ
夜の淵のわが底知れぬ彼方にてナチ党員にして良き父がゐる
ガス室の仕事の合ひ間公園のスワンを見せに行つたであらう
隣室にガス充満のときの間を爪しやぶりつつ越えたであらう

充満を待つたゆたひにインフルエンザのわが子をすこし思つたであらう
クレゾールで洗ひたる手に誕生日の花束を抱へ帰つたであらう
棒切れにすぎないものを処理しつつ妻の不機嫌を怖れたであらう　（『廃駅』）

現代短歌と戦争詠は所謂「正しさ」の側から人類や社会の罪を断罪する方法ではない。もしそうしたいのならば、散文を用いて論理的に主張することを勧める。だが罪を一方的に「悪」と括《くく》っておのれに関わりのない側へと追いやったとき、我々はともすると掲出歌の「ナチ党員」が同時に「仕事の合ひ間公園のスワンを見せに行」って「インフルエンザのわが子をすこし思」い、また「妻の不機嫌を怖れ」て「誕生日の花束を抱へ帰」るような「良き父」でもあったことを忘れてしまう。この罪をもし本当の意味で反省するとしたら、それはわたしたちと何も変わらぬ小市民が、同じ状況にあれば同じ罪を犯すだろうと精一杯想像を巡らせることからしか始まらないのではないか。短歌に宿命的な一人称性はこの際最大限に特性を発揮するだろう。この詩形によって時には加害者の側になり代わり、想像力によってその思考や感覚を追体験してみることで、戦争を勧善懲悪の図式から解き放ち、そこに複雑な利害関係や民族感情などを読み取ることが可能になると考える。

だが戦争詠の「当事者性」が、兵士や被害者の五感を再現することのみによって達成されるとするのは、現代の歌人においてあまりにも高い目標設定だろう。ならばせめて我々が作品に要求できるのは、結局のところ、侵略と収奪の現実をわたしたち自身の問題として自覚的に捉えることなのではないか。ここでウクライナ戦争を題材とした樋口智子（一九七六―）の連作「女の鎖骨」から三首を引用したい。

一節が爛々として語り手はまた樺太を追われるくだり
机上にて一本の線を引く暴力　留萌―釧路　山脈を断ち
されどそのむかしはアイヌモシリゆえ侵略の徒の裔なりわれは

ポツダム宣言受諾後も日本への侵攻を続けた当時のソビエト連邦は、北海道の北東部を占領地域として認めるようアメリカ大統領トルーマンに要求していたことが研究によって明らかになっており、作者の夫の祖母も敗戦時に引き揚げ船に乗って樺太《からふと》から北海道へ逃れた一人だという。これだけでも作者にとってロシアによるウクライナ侵攻は他人事《ひとごと》ではないが、三首目で樋口はさらに北海道、すなわちアイヌモシリに住むわたしたち和人とて、先住民からかつてこの大地を収奪したではないかと認識を深めようとしている。ロシアの侵攻を非難する我々も先住民のアイヌから見れば、現在もなお不当に土地を占拠し続ける侵略者に他ならない。わたしたちもやはり世界中の人類といまも同じ状況にあって、同じ罪を犯しているとする自覚がこの一首の詠嘆に重量感を与えていると言っていいだろう。

現代短歌で戦争が主題化される背景

それにしてもなぜ現代短歌は、これほどまで戦争を題材にしようとするのか。先掲山田論は近代以前の「和歌は基本的に戦争とは無縁のものである」としながら、なぜ「表現に戦乱（内乱も含めて）が反映しないのか、正直なところ筆者にはよくわからない」と述べているが、その理由は存外簡単で、近代以前の表現者たちには和歌や俳句の他に、戦争や政治を扱うことができる漢詩が現在よりもずっと身近に存在していたからだ。例を引こう。

九月十三夜
霜満軍営秋気清
数行過雁月三更
越山幷得能州景
遮莫家郷憶遠征

九月十三夜
霜は軍営に満ちて秋気清し
数行の過雁《くわがん》　月三更《さんかう》
越山　幷《あは》せ得たり　能州の景
遮莫《さもあらばあれ》　家郷の遠征を憶《おも》ふを

（『名将言行録』）

凱旋有感
王師百万征強虜
野戦攻城屍作山
愧我何顔看父老

凱旋、感有り
王師《わうし》　百万　強虜《きやうりよ》を征し
野戦　攻城　屍《しかばね》　山を作す
愧《は》づ　我　何の顔《かんばせ》あつてか父老を看《み》ん

凱歌今日幾人還　凱歌　今日《こんにち》　幾人か還《かへ》る　（『乃木将軍詩歌集』）

右は上杉謙信《うえすぎけんしん》（一五三〇―七八）が能登国の七尾城を攻略した際に詠んだとされる詩と、日露戦争で司令官として旅順要塞を陥落させた乃木《のぎ》希典《まれすけ》（一八四九―一九一二）が凱旋《がいせん》時に詠んだ詩だ。特に後者は「何顔看父老」で『史記』項羽本紀の「江東の子弟八千人と江を渡りて西するに、今一人の還る無く、縦《たと》ひ江東の父兄憐れみて我を王とするとも、我何の面目ありて之に見《まみ》えん。縦ひ彼言はずとも、籍独り心に愧《は》ぢざらんや」を、「幾人還」で王翰「涼州詞」の「古来征戦幾人か回《かへ》る」を典拠とし、当時の教養の基盤に漢籍が存在したことが窺われる。『詩経』毛萇《もうちょう》伝の「大序」は「詩は志の之《ゆ》く所なり」と説いている。同じ詩歌でも「志」を詠むならば漢詩、「情」を詠むならば和歌などの分担がかつてあって、大正十年代までは各新聞に短歌や俳句とともに漢詩の投稿欄が存在していた。この領域には近代以降もしばらく短歌が進入しなかったらしく、だからこそ与謝野鉄幹は「爆弾三勇士の歌」を、与謝野晶子は「君死にたまふことなかれ」を短歌では表さなかったのだ。

その後、昭和に至って「近代の超克」を提唱する民族主義が勃興するなかで漢詩人口は次第に縮小に向かい、これが担っていた「志」を詠む範疇《はんちゅう》が短詩形に流入してくる。俳句の側は治安維持法によって新興俳句の句誌と俳人が弾圧されて反体制と見做《みな》されたために、「国体」と称する国家の体制の支持は主に歌人が担うことになった。昭和十一年十一月に大日本歌人協会が結成されると、十三年に『支那事変歌集戦地篇』、十五年に『紀元二千六百年奉祝歌集』、十六年に『支那事変歌集銃後篇』を次々に刊行してゆく。三十一字の詩形、殊に『萬葉集』が天皇から庶民まで幅広い作者層を有する国民歌集として戦時意識を鼓舞したことについては、品田悦一『万葉集の発明　国民国家と文化装置としての古典』や小松靖彦『戦争下の文学者たち　『萬葉集』と生きた歌人・詩人・小説家』などの著書に詳しい。こうした戦争協力の姿勢に対して戦後に起こった「第二芸術論」などの批判を受け止めながら、前衛短歌を旗手とする戦後歌人たちは「志」を詠む方向を正反対に転回した。

海底に夜ごとしづかに溶けゐつつあらむ。航空母艦も火夫も　（塚本邦雄『水葬物語』）
突風に生卵割れ、かつてかく撃ちぬかれたる兵士の眼　（同『日本人霊歌』）

ここには戦争批判を詩の領分とする方向性が窺われる。戦争と無縁の領域を頒たれていた短歌形式の詩形が、現代に至って寧ろこれを本分とするのは自然ななりゆきだった。

【コラム】光源氏の女歌

竹内正彦

光源氏の美しさは、時として残忍である。『源氏物語』に息づく女性たちの誰もが光源氏に魅了される。だが、光源氏はみずからの恋を追い求める。自身を恋い慕う女性たちに投げかける光源氏の視線は冷たい。光源氏の放つ美しい光は女性たちを惹《ひ》きつけ、そして深く傷つけていく。それがどんなにつらいことかを知りながらも、しかし、女性たちはその光に近づかずにはいられないのであった。

六条御息所《ろくじょうのみやすどころ》――。前東宮《さきのとうぐう》の妃《きさき》にして、このうえない教養と品格を身につけたこの貴婦人は、そうした女性たちの苦衷を一身に背負って物語に登場する。ふたりの出逢《であ》いは、「六条わたりも、とけがたかりし御気色《けしき》をおもむけきこえたまひて後《のち》、ひき返しなのめならんはいとほしかし」とある（新編日本古典文学全集『源氏物語』「夕顔」①一四七頁）ばかりだが、それだけで十分であろう。「とけがたかりし御気色」とは、光源氏がどんなに恋情を訴えても六条御息所は靡《なび》くことがなかったことをいい、「おもむけきこえたまひて」とは、ついに六条御息所が光源氏に魅了されたことをさす。そして「ひき返しなのめならん」とは、六条御息所が自分を恋い慕うようになったとたんに光源氏の恋情は冷めてしまったことを語っている。すなわち、ふたりの恋は成就すると同時に終焉《しゅうえん》したのであった。

「葵《あおい》」巻は、すでに終わっているふたりの恋がいかに終わり果てていくかを語っていく。

ことばを交わすごとにふたりの心は離れていく。逢《あ》うたびごとにふたりの関係は壊れていく。ほんらい心を交わすべき歌の贈答さえも、ふたりをつなぐ細い糸を断ち切るものとなってしまうのであった。

袖《そで》ぬるるこひぢとかつは知りながら下《お》り立つ田子《たご》のみづからぞうき（「葵」②三五頁）
袖が濡《ぬ》れる泥（こひぢ）に足を踏み入れる田子のように、涙で袖が濡れるつらい恋路だとは一方でわかっていながら、そこに下り立つ私自身がつらいことです

浅みにや人は下り立つわが方《かた》は身もそぼつまで深きこひぢを（同）
浅いところにあなたは下り立っているのでしょうか。わたしの方は全身がぐっしょりと濡れるまで深い泥ではないが恋路に入り込んでいますのに

「袖ぬるる」の歌によって、六条御息所が、身分の卑しい田子（農夫）に喩《たと》えながら泥沼のような恋にもがく身のつらさを訴えるのに対して、光源氏は、袖が濡れるのは浅いところに立っているからで、わたしは全身が濡れているのだと返す。光源氏の歌は、六条御息所の訴えを受けとめて答えているように見えて、その実、冷淡なものである。

『源氏物語』には七九五首の和歌がある。作中人物たちによって詠まれるこれらの和歌は人物によって、また状況によって詠み分けられており、それぞれが物語世界に欠くことの

できないものとして機能しているが、このうちの二二一首が光源氏の歌であり、作中人物では最も多い。その内訳は、鈴木日出男編「源氏物語作中和歌一覧」（新編日本古典文学全集『源氏物語』⑥所収）によれば、独詠歌五一首、贈歌一〇〇首、答歌（返歌）六三首、唱和の折の歌七首を数えることができる。贈歌と答歌をあわせると、全体のおおよそ四分の三にあたり、光源氏のおおくの和歌が男女間の贈答に用いられていることがわかる。数値的には答歌も相当数みられるが、鈴木一雄が「当時の実生活にあって、男から贈歌、女から返歌というのは常識であったろう」とし、女性からの贈歌には「その女性にとって特別な感情、意志、要求がはたらいている」と指摘した（「日記文学における和歌（その2）」『王朝女流日記論考』至文堂、一九九三年）ことは動くまい。「葵」巻において、六条御息所は四首の歌を詠んでいるが、独詠歌一首を除いて、残りの三首のすべてが光源氏への贈歌である。六条御息所はその苦衷をみずから光源氏に訴えずにはいられないのであった。そして、光源氏の「浅みにや」の歌は、物《もの》の怪《け》として顕現する、その直前に置かれる。

光源氏の歌は、折口信夫のいう「女歌《おんなうた》」の詠みぶりだと評することができる。歌の掛け合いの発生を歌垣に求める折口信夫は、男性と女性とが、「神」と「神女」という立場で歌の応酬をする歌垣において、神事としては女性が負けることになっていったものの、次第に勝敗を争うようになり、そのために女性の歌の技巧が洗練されていったのだとする。折口によれば、「女歌」はこの技巧的な歌を始原とするものであり、表面的にはきわめて情熱的に見える歌であっても、それはあくまでも「女性の男に対する辞令」だということになる(「女流短歌史」『折口信夫全集　13』中央公論社、一九九六年)。「女歌」には心がないというよりは、むしろ、「女歌」とは心を隠す歌のことをいうのだろう。容易に神に服従しようとしない女性は、そのために男性の歌を切り返し、みずからの心を「女歌」の奥深くに隠していったのである。

鈴木日出男は、「女歌」には「否定的な契機」がその発想の根源にあるといい、たとえ男性が詠んだ歌であっても、そうした発想に基づくのであれば「女歌」ととらえ得ることを指摘した(「女歌の本性」『古代和歌史論』東京大学出版会、一九九〇年)。六条御息所が「袖ぬるるこひぢ」と詠んできたのに対して、光源氏は「身もそぼつまで深きこひぢ」と見事なまでに切り返している。まさに「女歌」の典型ともいえる返し方だともいえる。けれども、そこに心は見えない。六条御息所が欲しかったのは、そんなうまい歌ではなかった。六条御息所は、この泥沼からどうか救い出してほしいという、血の出るような思いで歌を送ってよこしたのであった。

光源氏は泥沼からのばしたその手をきれいに払いのける。六条御息所の身は泥沼にとられていかんともしがたい。もはや物の怪にでもなって光源氏の側にいくほかはなかろう。光源氏の「女歌」は、ほんとうの意味でふたりの恋を終わらせるものなのであった。

歴史のなかの短歌

近世社会のなかの短歌

田中康二

近世社会と国学

歴史的に見て、中世（鎌倉・室町時代）から近世（江戸時代）への社会システムの移行という点で最も大きなファクターは、乱世から治世への変容である。乱世には困難であったことが治世においては可能になった。とりわけ治世は文化面において、大きく発展する契機をもたらした。日本の伝統文化である和歌の世界はその中核を担っており、最も大きく変化したものの一つである。

乱世から治世への社会変革は、古典研究の方法にも影響を与えた。それまで閉ざされた社会の中で秘密裡《り》に行われてきた古今伝受《こきんでんじゅ》に疑問を呈する者が現れた。古今伝受とは、『古今集』に関わる秘伝や秘説をただ一人の弟子に引き継がせる儀式であり、一子相伝で伝えられる。その内容は神秘的となり、他言無用の掟《おきて》によって、ますます神格化された。そのような閉鎖的なシステムは治世の到来によって解放された。新しい時代の幕開けである。

そのような気運の中で、国学という古典研究の方法が芽吹いたのである。国学とは、後世に作られたこじつけの説に惑わされることなく、古典の本文そのものの意味を時代に即して解釈しようとする復古運動である。国学は文献実証主義とでも言うべき、客観的にして科学的な方法論を古典研究に持ち込んだのである。そういった経緯で成立した国学が最初に狙い撃ちしたのは、言うまでもなく古今伝受であった。国学によって、古今伝受の神秘のベールがはぎ取られ、神格化されていたものが白日の下にさらされた。

それまで古典研究を担っていたのは、堂上《とうしょう》と言われる上級貴族であり、古今伝受も基本的に堂上歌人のものだった。ところが、天下泰平の世は、文化の担い手を押し広げ、地下《じげ》にまでその範囲を拡げた。地下とは、天皇への謁見がかなわない身分を指し、町人や武士階級を含む人々の意である。国学者は例外なく地下歌人であり、復古という大義を錦の御《み》旗《はた》としながらも、堂上歌人に対しては出自や身分といった越えることができない壁があった。努力や経験では得られない事柄に対しては、嫉妬と羨望が渦巻く。国学が古今伝受を過去の遺物として排斥した背景には、純粋な学問的正義のほかに、すっぱい葡萄への妬みがあったかもしれない。

国学が堂上歌壇に対して行った対抗措置として、古今伝受の否定のほかに、『万葉集』の再評価を挙げることができる。現代では『万葉集』は最古の歌集として重要視されているが、そのような見方が現れたのは近世期であって、その観点を提唱したのは、他ならぬ国学者だったのである。

それでは、国学が成立し、国学者が和歌を詠むようになった近世社会において、和歌はいかに研究され、そして詠まれたのか。以下、本節では国学者が和歌の担い手に加わったことによって、万葉風という新たな歌風を創出することになる過程を検証したい。

『万葉集』研究と万葉風（ますらをぶり）

中世において古今伝受という形で『古今集』が神格化される一方で、等閑視されたのは『万葉集』である。たしかに、『万葉集』は勅撰集《ちよくせんしゆう》ではないから、もともと歌壇で権威があったわけではない。だが、事あるごとに顧みられ、参照されてはいた。そういった意味で、『万葉集』は歴代歌人たちが常に気にしていた歌集だったわけである。それにもかかわらず、『万葉集』がある意味で歌人から敬遠されていたのは、万葉仮名と呼ばれる独特の用字法と、『古今集』以降の和歌に見られない古めかしい表現に起因する。有り体にいえば、『万葉集』はきちんと読めなかった。その正確な解読は近世期に国学が成立するのを待つしかなかったのである。

近世前期に水戸藩主徳川光圀《みつくに》の命により、難波《なにわ》の僧契沖《けいちゆう》（一六四〇―一七〇一）が『万葉集』の解読に挑戦した。契沖は「文証《もんじよう》」と称する文献実証主義の技法により、『万葉集』を読み解く方法を考案した。それは『万葉代匠記《まんようだいしょうき》』としてまとめられる。

その『万葉代匠記』に刺激を受け、独自の『万葉集』解釈に乗り出したのが、賀茂真淵《かものまぶち》（一六九七―一七六九）である。真淵は荷田春満《かだのあずままろ》に入門し、その甥《おい》にあたる荷田在満《ありまろ》を慕って江戸に出た。長らく不遇な人生を送るが、五十歳の時に御三卿《ごさんきょう》の一つ、田安家の和学御用の職を得て、近世和歌の世界に登場した。真淵は古典文学研究、とりわけ『万葉集』の研究に専心した。『万葉集』所収歌における枕詞の研究書『冠辞考《かんじこう》』を出版して、真淵の万葉学はあまねく知られるようになった。その後、真淵は『万葉集』の全注釈である『万葉考』や『万葉集竹取《たけとりの》歌解《うたかい》』などを執筆した。

真淵に限らず、国学者の特徴として、和歌の研究とともに和歌の実作ということが挙げられる。真淵の場合、『万葉集』研究の成果は自らの詠歌にも遺憾なく発揮された。つまり、真淵が詠む歌は万葉風や万葉調と称される歌風であった。真淵自身はこれを「ますらをぶり」と呼んでいる。『にひまなび』には次のように記される。

いにしへの事を知《しる》が上に、いまその調《しらべ》の状《ありさま》を見るに、大和国《やまとのくに》は丈夫国《ますらをのくに》にして、いにしへはをみなもますらをにならへり。故《かれ》万葉集の歌はおよそますらをの手ぶり也。山背《やましろの》国《くに》はたをやめ国にして、丈夫もたをやめをならひぬ。かれ古今歌集の歌はもはら手弱《たをや》女《め》のすがた也。

古代の事柄を知るにつけて、今その歌の調べの様相を見ると、大和国（奈良）は男性的な国であって、昔は女性も屈強な男性を見倣っている。それゆえ、『万葉集』の歌はおおよそ「ますらをぶり」（男性的な姿）である。一方、山城国（京都）は女性的な国であって、男性もか弱い女性を見倣っている。それゆえ、『古今集』の歌は専ら「たをやめぶり」（女性的な姿）である。

真淵は『万葉集』が編纂《へんさん》された奈良時代の都に着目して、『万葉集』の特質を指摘している。大和国（奈良）は「丈夫国」であるというのである。丈夫国とは、端的に要約すれば男性的な国ということで、山背国（京都）が「たをやめ国」（女性的な国）というのと対比的に称される。真淵自身がはっきり記しているわけではないが、この比喩や見立てはそれぞれの土地の地形や気候、風土といった自然環境と、そこで行われた政治や文化が醸成したイメージを巧みな二項対立の中で表現しているのである。『万葉集』は丈夫国で成立した歌集であるから、その歌風は気候風土の面からも、政治文化の面からも男性的であるというわけである。つまり、「ますらをぶり」とは、漠然として言葉にならないイメージを真淵の詩人としての感性が的確にとらえた絶妙なネーミングであった。

この「ますらをぶり」という発想と呼称は鮮烈であった。それまでも、特徴のある歌風を有する歌人の歌を唯一無二の歌風としてとらえ、それを何々流ということはあった。たとえば、『古今集』仮名序に見える六歌仙評などがその典型であり、そこには「衣通姫《そとおりひめ》の流」などという呼称もあった。だが、歌集全体に一つの歌風を与えるようなことはなかった。そのような大きな括《くく》りは想像だにできなかったからである。そのように真淵は『万葉集』研究という大きな潮流を創り出した。

このように契沖と真淵はともに『万葉集』研究に画期的な成果をもたらしたが、両者において決定的に異なる点があった。それは両者が詠んだ歌である。契沖は『万葉集』を研究したが、詠歌はあくまでも後世風の歌であった。それに対して、真淵は万葉風の歌を詠んだのである。それでは、なぜ真淵は万葉風の歌を詠んだのか。そのことは真淵の国学観の重要な方針に関わる。真淵は引き続き『万葉集』の歌風を解説した上で、次のように記している。

> これらのこゝろをしらむには、万葉集をつねに見よ。且我歌もそれに似ばやとおもひて年月によむほどに、其しらべもこゝろもこゝろにそみぬべし。

『万葉集』の本質を知るためには、常に『万葉集』を見よ。さらに自分の詠む歌も『万葉集』に似せたいと思って長年詠む間に、『万葉集』の調べも本意もわが心に深く刻み込まれるに違いない。

『万葉集』の歌風を知るためには、『万葉集』を読むのが一番であるという。重要なのは、真淵が『万葉集』を読むのは「我歌もそれに似ばや」と言ってのけている点である。古歌を研究するのは、その古歌の歌風を会得するためであるというわけである。

国学者はより良い歌を詠むために、古歌の研究をする。しかし、自ら詠む歌と研究対象とする古歌は必ずしも一致するわけではなかった。そういったなかで、真淵は『万葉集』を研究し、その研究成果を詠歌にも反映させた。真淵が万葉風（ますらをぶり）の歌を詠むことになる背景には、理想の研究対象と理想の詠歌とを完全に一致させようとする思想が横たわっていたのである。

真淵の万葉風歌

真淵は研究対象として『万葉集』を重視するだけでなく、自ら歌を詠む際にも『万葉集』を規範とした歌を詠もうとした。つまり、「ますらをぶり」の歌を真淵は詠んだのである。

真淵が万葉風歌を詠む際に手本としたのは、中世歌人 源 実朝《みなもとのさねとも》（一一九二—一二一九）である。実朝は鎌倉幕府三代将軍として名を馳《は》せ、甥に暗殺されるという悲劇の最期を迎えたことで知られるが、勅撰集に入集するなど、歌人としても一流であった。真淵は実朝歌を敬仰し、万葉取りの模範とすることを至るところで表明している。

真淵が実朝歌のなかでもとくに重視している歌について、本歌とした『万葉集』所収歌を左に添えて提示すると、次の通りである。

此《この》ねぬる朝けの風にかほる也軒ばの梅の春のはつ花　（鎌倉右大臣家集・春・三五）

この起きがけの朝風に乗って香るようである。軒端に咲いた春の初花のかぐわしい香りよ。

秋立ちていくかもあらねばこの寝ぬる朝けの風は袂《たもと》寒しも　（万葉集・8・一五五五・安貴王）

立秋から何日も経っていないのに、この起きがけの朝風は袖口に涼しく感じられるよ。

この歌には「一二は万葉、末をいひながされたるが高きなり」（飯田本）などという真淵の評が書き入れられている。また、『にひまなび』には、「本末のいひなし、且打有ことをわざといはれつる末のしらべの心高さをみよ」などと論評し、高い調べを絶賛している。いずれも実朝歌が『万葉集』所収歌に拠《よ》りながらも、独自の高い調べを持つことが指摘されているのである。

このように実朝の『万葉集』受容を雛形《ひながた》として、真淵は自らの詠歌の手法を確立していく。もともと若い頃の真淵は後世風の歌を詠んでいたが、本格的に『万葉集』研究を進めるなかで歌風も変遷し、万葉風の歌にたどり着いた。とりわけ老年になってからの真淵は万葉風の歌にこだわりを持っていた。たとえば、明和元年（一七六四）九月十三日に、次のような歌を詠んでいる。

九月十三夜県居にて
鳰鳥《にほどり》の葛飾早稲《かづしかわせ》のにひしぼり酌《く》みつつをれば月傾きぬ（賀茂翁家集・秋）

（鳰鳥の）葛飾で穫れた早稲で醸した新酒を酌み交わしながらいると、いつの間にか月が傾いてしまった。

「鳰鳥の」は葛飾を導く枕詞で、『万葉集』に初出。というよりも、この歌は次の『万葉集』所収歌二首を踏まえて詠まれている。

鳰鳥の葛飾早稲を贄《にへ》すともそのかなしきを外《と》に立てめやも（万葉集・14・三三八六）

（鳰鳥の）葛飾早稲の稲を神に供える時でも、そのいとおしい人を家の外に立たせておくものか。

東《ひむがし》の野にかぎろひの立つ見えてかへり見すれば月傾きぬ

（万葉集・１・四八・柿本人麻呂）

東の野に曙光《しょこう》が射すのが見え、振り返ると西の空に月が傾いている。

一首目の初句二句と二首目の下句の後半を組み合わせて、新酒を酌み交わしながら夜が更けていく様子を詠んでいる。このように真淵は『万葉集』にあるフレーズを巧みに組み合わせ、そこに新味を加えることによって万葉風の歌を創造した。真淵にとって、万葉風（ますらをぶり）の歌とは、このような手順で詠まれる歌であった。

そのような詠歌術は、弟子への指導においても適用される。たとえば、本居宣長から万葉風の歌の見本を請われた時、次のような歌を示している（明和二年〈一七六五〉三月十五日付宣長宛真淵書簡）。

名所の月といふ事を人のよむを

ぬば玉の夜は更《ふけ》ぬらししもとゆふかづらき山に月かたぶきぬ

（ぬば玉の）夜が更けたらしい。（しもとゆふ）葛城山に月が傾いてしまった。

この歌は、次の歌二首を踏まえて詠まれている。

ぬばたまの夜は更けぬらし玉くしげ二上山に月かたぶきぬ

（万葉集・17・三九五五・土師道良《はにのみちよし》）

（ぬば玉の）夜が更けたらしい。（玉くしげ）二上山に月が傾いてしまった。

しもとゆふかづらき山に降る雪の間なく時なく思ほゆるかな

（古今集・20・一〇七〇）

（しもとゆふ）葛城山に降る雪のように絶え間なくいつまでもあなたのことが思われるよ。

『万葉集』所収歌の発想およびフレーズを枠組みとしつつ、場所を『古今集』所収歌から取って作られた継ぎ接《は》ぎの歌という印象がある。真淵自身も書簡の中で「おのれが歌よからねど、御望《のぞみ》なれば少し書てまいる」としているように、自信作というわけではない。この歌は、宣長への指導において提示された歌で、万葉風歌を詠むコツを伝授するという点で意味のあるものと考えられる。門弟への手本というのは、難易度が高すぎても真似ることができないので、この程度がちょうどよいと考えたのであろう。ちなみに、二首目の歌は『古今集』所収歌ではあるが、大歌所御歌《おおうたどころのおんうた》というカテゴリーに配置される。大歌所御歌は宮廷の祭事で、楽器の演奏に合わせて歌われる歌であり、読み人知らずの歌であり、「古き大和舞の歌」という詞書《ことばがき》からも、古《いにしえ》の調べを残す歌体であると考えられる。真淵は『古今集』の読み人知らずの歌を『万葉集』に準ずる、調べの良い歌と考えたのである。

以上のように、真淵は『万葉集』研究を詠歌にも反映させ、万葉風の歌を詠むことを実践し、門弟にもそれを推奨した。そのような歌の詠み方は、和歌史上空前の事柄であり、和歌史において新たな潮流を形成する出来事となった。

万葉風歌の継承

真淵が万葉風の歌を詠んだことを発端にして、それまでほとんど注目されてこなかった『万葉集』に脚光が当たった。いわゆる万葉調の歌人が現れはじめたのである。まずは『国歌八論』論争で真淵と意気投合した田安宗武《たやすむねたけ》（一七一五―七一）である。宗武は八代将軍徳川吉宗の次男として生まれ、御三卿の一つである田安家を興した、好学の大名である。『国歌八論』論争とは、宗武が田安家の和学御用を務めていた荷田在満に歌論の執筆を要請した結果できた『国歌八論』をめぐって巻き起こった論争である。いくつかの論点があるが、宗武は『国歌八論』に満足できず、『国歌八論余言』を著して在満を批判した。宗武の意を受けた真淵は『国歌八論余言拾遺』を上呈した。こうして三つ巴《どもえ》の論争が勃発した。詳しい経緯は省くが、この論争によって、宗武は在満ではなく、真淵と和歌観が一致することが明らかになった。当該論争を経て宗武は歌論『歌体約言』を著した。ごく短いものではあるが、宗武の和歌観のエッセンスが記されている。

臣がまなぶこゝろは、専ら人麿・赤人の風情をたふとむ。且つ古の風はありのまゝによむものなれば、あるは喜びあるは悲しみ、あるは親しみ、あるは疎んじ、あるは賞め、あるは戒め、あるは楽しむなどのごときもあざやかに見えて、誠に天地をも動すべし。

私めが学ぶ本意は、専ら柿本人麻呂と山部赤人の歌の風情を尊重する。なおかつ古風はありのままに詠むものなので、ある時は喜び、ある時は悲しみ、ある時は親しみ、ある時は疎遠になり、ある時は褒め、ある時は戒め、ある時は楽しむなどといったことも鮮やかに見えて、『古今集』仮名序に言うように、歌は力も入れずに天地を動かすことができるのである。

『国歌八論』論争で真淵と意気投合した点がまさにここにあった。ある意味で純粋素朴な和歌が万葉歌人によって詠まれたというのである。宗武はこのような和歌観を持っていたので、自ら詠む歌もまたこれを反映して、『万葉集』の歌風になった。

薄

武蔵野を人は広しとふ吾はただ尾花分け過ぐる道とし思ひき　（天降言《あもりごと》）

武蔵野を人は広いという。だが、私はただ尾花を分けて通り過ぎる道とばかり思った。

将軍の継嗣として生きた宗武は、江戸の地を武蔵野と呼んだ。人は大都会というけれども、自分にとっては尾花を観る風流な道であるという。この歌は、次の『万葉集』所収歌を踏まえて詠まれている。

薄

人皆は萩を秋と言ふよし我は尾花が末《うれ》を秋とは言はむ　（万葉集・10・二一一〇）

人は皆、萩を秋のしるしだという。ええままよ、私は尾花の穂先を秋だと言おう。

この『万葉集』所収歌は秋の代表花をめぐって、萩と尾花を戦わせるという趣向を取る。宗武はこの『万葉集』所収歌の前後の対比構造に則《のっと》り、尾花を借りつつ、そこに武蔵野（江戸）を詠み込んでいる。宗武歌の第二句「とふ」は「といふ」の約言《やくげん》で、ここにも万葉風の語彙が用いられている。

また、真淵の門弟も『万葉集』に倣った歌を詠んだ。その筆頭は楫取魚彦《かとりなひこ》（一七二三―八二）である。真淵没後の県門を引き続いて指導したのも魚彦であった。次のような歌を詠んでいる。

布

玉河に玉散るばかり立つ浪を妹《いも》が手づくりさらすとぞ見る
（楫取魚彦家集）

玉川に玉が散るかと思われるほどに立つ波の雫《しずく》を恋人の手織りの布をさらしているのかと思って見ることだ。

万葉風の大柄な詠みぶりである。これは、

多摩川にさらす手作りさらさらに何そこの児のここだかなしき
（万葉集・14・三三七三）

多摩川でさらす手織りの布がさらさらなように、どうしてこの娘がこんなにもいとおしいのだろうか。

を踏まえて詠まれている。『万葉集』では多摩川で手織りの布をさらす情景が序詞《じょことば》として詠まれたものを転換し、魚彦は波の雫が飛び散る情景の見立てとして詠んでいる。なお、魚彦には歴史的仮名遣いの用例を集めて『古言梯《こげんてい》』を出版し、契沖の研究を普及させた功績がある。真淵が京を訪れた時に古書店で偶然発見した『新撰字鏡』より得た見識を盛り込んだ真淵門流を代表する成果である。真淵はこの著作の刊行を待望した。『古言梯』は仮名遣いの研究書であると同時に、古風歌を詠むための辞書としても機能したからである。『古言梯』は魚彦の没後も増補と改訂を経て、幕末まで刊行された。

このほかに伊勢の荒木田久老《ひさおゆ》（一七四七―一八〇四）、上方の上田秋成《あきなり》（一七三四―一八〇九）などがいる。まず、久老の歌を挙げておくことにしよう。

　としのはじめによめる歌ども
わか楸《ひさぎ》いや若ゆべき時まけて大川の辺《へ》に春立ちにけり
（槻落葉《つきのおちば》歌集・春歌）

若木の楸がいよいよ若やぐ時が近づいて、大川のほとりに春がやってきたことだ。

この歌は『万葉集』の歌に基づいて詠まれている。

度会《わたらひ》の大川の辺の若久木《わかひさぎ》わが久ならば妹《いも》恋ひむかも
（万葉集・12・三一二七）

度会の大川のほとりにある若久木ではないが、わが旅が久しくなったら、妻は恋しく思うだろうか。

本歌は「わかひさぎ」が「わがひさならば」を導く序詞であるが、久老歌では「わかひさぎ」と「いやわかゆべき」が響き合うという形になっている。久老は伊勢神宮の社家で地元でもあるので、度会の大川を詠む『万葉集』所収歌を踏まえて詠んだのであろう。久老は『万葉考槻落葉《つきのおちば》』という研究書を刊行している。専ら巻3の注釈であるが、『万葉考』をバージョンアップした注釈書である。真淵門弟として、本格的に『万葉集』研究をした成果がこのような形で結実したということができる。

次に、秋成の歌を見てみよう。

元興寺《ぐわんごうじ》の僧にならへる

鷹すゑて分くる野山に引く犬のさときは人にうとまれぞする (藤簍冊子《つづらぶみ》・雑)

鷹を据えて野山を分ける時に引き連れる猟犬が機敏すぎると人に疎まれるように、何事も敏感すぎると他人から遠ざけられるものだ。

詞書にある「元興寺の僧」とは、『万葉集』に出る歌(6・一〇一八)の題を踏まえたものである。次の歌である。

十年戊寅《つちのえとら》、元興寺の僧の自ら嘆きし歌一首

白珠は人に知らえず知らずともよし知らずとも我し知れらば知らずともよし

海の底の真珠は人に知られることがない。知らなくてもよい。人は知らなくても私が知っていたら、人は知らなくてもよい。

五七七五七七の旋頭歌《せどうか》である。自分の才能は人に知られなくても構わないという、世を拗《す》ねた僧侶の思いが詠まれている。秋成はこの『万葉集』所収歌に基づいて詠んだが、言葉取りをしたわけではない。むしろ、その歌の思想を受け継いだといえる。秋成には『楢《なら》の杣《そま》』や『金砂《こがねいさご》』といった『万葉集』注釈書がある。『金砂』三には当該歌に関して「此僧才学を抱きて、世に遇《あは》ぬを、歌に憤悶を解する也」と注釈し、自身の境遇を重ね合わせながら秋成独特の諦観を表明している。このように宿命とでもいうべき秋成の思想は『万葉集』研究の過程で獲得されたものであった。

このように真淵の門弟筋の間で、真淵に倣って万葉風の歌を詠む歌人が現れた。それらに共通する特徴として、古代研究に裏付けられた古語の素養があったということを指摘することができる。

なお、万葉学と万葉風という点で、真淵の学統を継ぐ鹿持雅澄《かもちまさずみ》(一七九一—一八五八)を外すわけにはいかない。雅澄は土佐藩士の家に生まれ、下級武士として務めたが、学才を認められ、藩校勤務に取り立てられた。雅澄は真淵門流の谷真潮《たにましお》の学統を引く宮地仲枝《みやじなかえ》に和歌、国学を学んだが、ほとんど独学で『万葉集古義』一四一冊を著した。『万葉集古義』は本文校訂の厳密さと語義解釈の正確さのために、近世万葉学の集大成と呼ばれるようになる。雅澄の生前に刊行されることはなかったが、明治時代になって、その噂が今上天皇の耳に入り、宮内省版として出版されるに至る。

そういった高度なレベルで万葉学を修めた雅澄は、万葉風の歌を詠む際にも、その実力を発揮した。それは家集『山斎集』に収録された次の歌（山斎集・短歌下）を見れば明らかである。

賀波多正前五十算（波多正前の五十算をことほぐ）
万葉之歌之祖書曲読而熟明白与万代及似
よろづよの歌のおやぶみよく読みてよく明らめよよろづよまでに
『万葉集』はすべての歌の始祖の歌集であるから、何度も読んで十分に明らかにせよ、何年もさきまでに。

一目瞭然であるが、雅澄は歌を万葉仮名で綴《つづ》っているのである。もちろん、この一首だけでなく、一七〇〇首に及ぶ短歌のほぼすべてが万葉仮名で記されているわけである。そもそも『山斎集』は、文化五年（一八〇八）から安政五年（一八五八）までに詠まれた短歌・長歌・文章を時代順に並べたものである。『万葉集古義』と同様に、雅澄の生前には刊行されず、明治末年頃に刊行された。万葉仮名表記は万葉学と万葉風歌との関係という点で、最も究極的な結びつきである。このようなことは万葉風の創始者である真淵もしていない。つまり、真淵の打ち立てた万葉学と万葉風との関係を徹底し、最終地点まで進めたのが雅澄であったと言ってよかろう。

以上のように、研究と実作の調和という真淵の精神は確実に門弟筋に受け継がれたのである。

近世から近代へ

近世中期に発祥した国学を修めた者のうち、『万葉集』を主な研究対象とした歌人は、賀茂真淵を筆頭にほぼ例外なく万葉風の歌を詠んだ。万葉風の歌を詠む国学者は、やはり例外なく『万葉集』の研究者でもあった。近代以降も真淵歌論を批判的に継承した正岡子規の提言によって、万葉風歌（万葉調）を詠む者が現れ、一定の勢力を誇った。歴史に「もし」は禁物であるけれども、もし仮に『万葉集』研究が契沖のように研究のみに留《とど》まり、賀茂真淵が「ますらをぶり」を称揚して自らの詠歌にこれを実践することがなかったならば、近代以降の短歌界もずいぶん違ったものになっていたであろう。

【コラム】能と短歌　倉持長子

短歌沼にハマった方に、ぜひ次にハマっていただきたいのが、日本の伝統芸能である能の沼である。というのも、能と短歌は、短歌に親しめば親しむほど能の世界を広く深く楽しめるという、いわば比例の関係にあるからである。逆に短歌を知らなければ、能に深く感動し、よく理解することは難しいと言ってもよい。

具体的に能と短歌の関係を探ってみよう。まず、能は謡《うたい》／謡曲《ようきょく》と呼ばれる詞章によってストーリーを展開していくが、この謡は、短歌形式の五七調あるいは七五調を取り、「平《ひら》ノリ」と呼ばれるリズムに乗せて謡われることが基本となる。かつて結婚式でよく謡われていた能〈高砂《たかさご》〉の謡を例に挙げてみよう。次の謡を、ぜひ一音ずつ声に出して読んでみていただきたい。

高砂《たかさご》や、この浦舟《うらぶね》に帆をあげて、この浦舟に帆をあげて、月もろともに出《い》で潮《しほ》の、波の淡路《あはぢ》の島影や、遠く鳴尾《なるを》の沖過ぎて、はや住の江に着きにけり、はや住の江に着きにけり。

ああ、高砂の浦から舟の帆を上げて、高砂の浦から舟の帆を上げて、月と一緒に船出すると、潮が満ちてくるのにしたがって、波の泡が立ち、淡路島の影が見えてきた。その島影も遠くなり、鳴尾の沖を過ぎると、はやくも松の名勝地、住の江に着いたのであった。

この謡は、上歌《あげうた》という小段である。五七調から成る上歌は、力強い息遣いで一音一音をしっかりと発声する強吟《つよぎん》（剛吟《ごうぎん》）という技法を用いて謡われるため、この場面では高砂の浦から住吉へ向けて出帆する船の勢いのよさが強調されるという仕組みになっている。

また、謡曲の詞章は古来の有名な歌を下敷きに綴《つづ》られていることも多い。同じ〈高砂〉で、シテ（主役）の住吉明神は、次のように謡いながら勇ましく登場する。

われ見ても久しくなりぬ住吉《すみよし》の、岸の姫松幾《いく》世《よ》経《へ》ぬらん。睦《むつ》ましと君は知らずや瑞垣《みづがき》の、久しき代々の神かぐら、……

私が初めて見てからだいぶ久方ぶりの住吉の岸の姫小松。これはどれほど多くの年月を経てきたのか、という帝からのお尋ねを受けましたが、帝はご存じないのでしょうか。私ははるか昔から、代々親しくご加護申しておりまして、その昔ながらの、神みずから舞う神楽《かぐら》を舞い……

この場面は、『伊勢物語』第一一七段、住吉に行幸した帝の歌「われ見ても久しくなりぬ住吉のきしの姫松いくよ経ぬらむ」と、それに対して影向《ようごう》した住吉大神の返歌「むつましと君はしら波《なみ》みづがきの久しき世よりいはひそめてき（私が帝に親しみを抱いていることをご存じないのでしょうか、お逢《あ》いせずに久しい時を経ていますが、はるか昔から帝を大切にお守りしてまいりました）」をほぼ同形のまま引用している。〈高砂〉は住吉と高砂の夫婦の松によって『万葉集』の昔、そして『古今和歌集』の今の歌道の繁栄を寿《ことほ》ぎながら帝の治世を讃嘆《さんたん》する内容になっており、一曲の題材も技法も表現も歌尽くしになっていると言えよう。

短歌と切っても切れない演劇ジャンルである能は、曲の作者によって歌の扱い方に違いが見えるのも面白い。たとえば、先に挙げた〈高砂〉の作者である能の大成者世阿弥《ぜあみ》の能は、有名な古歌をほぼそのまま引くことで作中の情景を描いたり、シテ（主役）に心情を吐露させたりするという作風を見せる。たとえば、古くから在原行平《ありわらのゆきひら》・光源氏などの貴種《きしゅ》流離《りゅうり》の景勝地として知られる須磨（兵庫県神戸市須磨区）を舞台とする世阿弥作の能では、すべて次の『古今和歌集』の在原行平詠が引用されている。

わくらばに問ふ人あらば須磨の浦に藻塩たれつつわぶとこたへよ　（雑下・九六二）

たまさかに私の消息を尋ねる人がいれば、須磨の浦で藻塩草から水を滴らせる海人のように、袖を涙で濡らしながらわび住まいをしている、と答えておくれ。

この歌は世阿弥のお気に入りだったらしい。世阿弥作〈松風〉では、この歌が曲の構想の主軸となっており、死後も在原行平を慕う須磨の海人の姉妹松風《まつかぜ》・村雨《むらさめ》の霊が狂乱する様が描かれる。同作〈敦盛《あつもり》〉では、草刈男（実は平敦盛）が現在は蓮生《れんせい》法師と名乗るかつての敵熊谷次郎直実《かたきくまがいのじろうなおざね》と出会う最初の場面で「問はばこそ、独り侘《わ》ぶとも答へまし（もし人が尋ねてくれたら、『一人で侘しく暮らしている』と答えるであろう）」と当該歌を少々変えて謡い、落魄《らくはく》した身上を悲嘆する。行平詠の引用は、寂寞《じゃくまく》たる須磨の様子を伝えると同時に、長きにわたって愁いに沈んでいた敦盛の霊が、最終的には敵であった蓮生を「法《のり》の友」とし、恨みを捨てて成仏していく結末を引き立てる効果をもたらしている。世阿弥は須磨を舞台とする能〈忠度《ただのり》〉でもやはりこの歌を一首まるごと引くことで、平忠度の孤独を描きつつ、須磨を訪れた「和歌の友」藤原俊成《しゅんぜい》の身内との心の交流を引き立てるという手法を取っている。

世阿弥が歌の引用と編集の天才であるとすれば、歌の変奏と改作の奇才と言えるのが世阿弥の娘婿《むすめむこ》、金春禅竹《こんぱるぜんちく》であった。禅竹は恋の呪縛に喘《あえ》ぐ女性のエロティシズムを描くことを得意としたが、とくに後シテ（真の主役の姿）となるヒロインの霊の出現を印象付けるために歌を効果的に用いている。たとえば、『源氏物語』の女君玉鬘《たまかずら》の妄執をテーマとする〈玉鬘（玉葛）〉では、次の歌を歌いながら、黒髪と小袖を乱し茫然《ぼうぜん》自失の体《てい》となった玉鬘の霊が登場する。

恋ひわたる　身はそれならで玉鬘　いかなる筋《すぢ》を　尋ね来ぬらん

恋の妄執に囚《とら》われ続けてきたこの身に、もはや玉のように美しかったかつての面影はない。この玉鬘はどのような因縁で現世への道をたどってきたのだろうか。

この歌はもともと『源氏物語』玉鬘巻中、第二句に「身はそれなれど」と見える歌であり、光源氏が亡き恋人夕顔の娘玉鬘に初めて対面した後に手慰みに書き付け、独り言《ご》ちた歌であった。能では「身はそれならで」と否定形にし、詠み手を玉鬘に仕立てたわけだが、これによって歌は劇的な変貌を遂げることになった。禅竹はこの改作により、迷妄に狂い乱れる亡霊の身となって僧の弔いに縋《すが》ろうとする玉鬘の亡霊の胸中を一気に描き得たのである。このように、モザイクのように埋め込まれたり、転用されたりした歌々を能の中から発見し、味わうことは、短歌に親しむ者ならではの能の楽しみ方であろう。

中世社会のなかの短歌

荒木優也

勅撰和歌集の編纂

歌人たちにとって、勅撰和歌集《ちょくせんわかしゅう》に歌が入集《にっしゅう》することは大きな名誉であった。天皇・上皇の命によって歌が撰《えら》ばれ成立する勅撰和歌集は、国家事業であった。勅撰和歌集の編纂《へんさん》は最も公的な和歌の営為であることから、自らの歌が勅撰集へ入集することは社会的に歌人として認められることであり、そして勅撰和歌集の撰者《せんじゃ》に選ばれることはその時代を代表する歌人として認められることであった。勅撰集編纂の歌人たちの最大の関心は、自分の歌が入るかどうかにあった。四番目の勅撰和歌集『後拾遺和歌集《ごしゅういわかしゅう》』のように編纂途中の草稿を撰者が他の歌人に見せるという例もあり（後述）、完成前に誰の歌が入っているかについて知る機会もあったようだ。

後鳥羽院《ごとばいん》（一一八〇―一二三九）が撰集を下命《かめい》した八番目の勅撰和歌集『新古今和歌集』の編纂事務所である和歌所《わかどころ》の開闔《かいこう》（事務長）源 家長《みなもとのいえなが》（生年未詳―一二三四）が、後年に編纂時を振り返って綴《つづ》った『源家長日記』には、歌人たちの勅撰集に対する関心の高さを示すいくつかの逸話が見られる。

たとえば、部類作業（歌を分類し、四季部・恋部・雑部などの部立に振り分けること）の段階で自分の歌が入っていないことを知った歌人たちから自分の歌を撰び入れてほしいという願い出が多くあり、それは降り注ぐ雨脚よりも頻繁だったという（「さりともと思へる歌詠《よ》みどもの洩《も》れて、思ひ思ひの縁尋《よすが》ね、或いは歌を詠み添へ、賢《かしこ》き言葉を尽くして申《まう》し文《ぶみ》を書き、方々より申し合へるさま、殊《こと》に雨の脚《あし》よりも繁《しげ》し」〈中世日記紀行文学全評釈集成〉）。

こういった歌人のなかには、最初は入集していた歌を削られた者もいた。この『新古今和歌集』の編纂作業では、編纂の命をくだした後鳥羽院自らが切継《きりつぎ》を行っていた。切継とは、歌の善し悪《あ》しを判断し、歌を加えたり削ったりする編纂作業である。この切継の結果、当初は自分の歌が入っていたが、最終的には切り出されてしまった歌人もおり、自らの歌が削除された歌人の嘆きはあまりあるものだと家長はいう（「この出《い》だされたる人々の嘆《なげ》き合へる、さも聞くも罪深くこそ侍《はべ》れ」）。

また、このように入集に一喜一憂する歌人たちとはまた別の意味で、その下命者たる天皇・上皇にとっても勅撰和歌集の撰集《せんじゆう》は重要であった。

勅撰和歌集の編纂とは、その天皇・上皇の治世が優れていることを誇示するものであり、またその支配の正当性を示すものでもあった。後鳥羽院が自ら編纂作業に従事した理由のひとつもそれであろう。『新古今集』の真名序《まなじょ》（漢文で書かれた序文）には中国魏晋《ぎしん》南北朝期に生まれた文章経国《ぶんしようけいこく》思想（曹丕《そうひ》「典論論文」）。文章が国を治める立派な事業であるという考え方）からの流れをうけて「夫《そ》れ和歌は、群徳《ぐんとく》の祖、百福《はくふく》の宗《そう》なり（夫和歌者、群徳之祖、百福之宗也）」と、和歌とは様々な徳の始めであり、多くの幸せの源であるとし、「誠に是《これ》理世撫民《りせいぶみん》の鴻徽《こうき》、賞心楽事《しやうしんらくじ》の亀鑑《きかん》なるものなり（誠是理世撫民之鴻徽、賞心楽事之亀鑑者也）」と、世を治め民を大切に育てるための徳の高い行為であり、風景を味わい賞美し、物事を楽しむための手本であると記述される。そして、「方今荃宰体《ほうこんせんさいたい》を合はせ、華夷《くわい》仁を詠じ、風化《ふうくわ》の万春《ばんしゆん》を楽しむ（方今荃宰合体、華夷詠仁、風化之楽万春）」と、まさにいま君主と臣下とが一体となり、恵み深い政治（仁政）を都・田舎の区別なく人々が和歌に詠み、和歌による仁政の感化によって万代にも続く春を楽しんでいるともいう。このような理想的な世が（実際には実現していなかったとしても）実現した証《あか》しとして、勅撰和歌集の編纂を下命することには大きな意味があった。

鎌倉後期から始まる両統迭立《りようとうてつりつ》においても、勅撰集編纂は大きな意味を持った。両統迭立とは、鎌倉時代後半に、後嵯峨《ごさが》天皇（一二二〇—七二）の皇子であった後深草《ごふかくさ》天皇（一二四三—一三〇四）と亀山《かめやま》天皇（一二四九—一三〇五）との兄弟間でどちらの系統が皇位継承するかの争いが生じた結果、二つの皇統から交互に天皇を出すに至った事態をいう。持明《じみよう》院統《いんとう》（後嵯峨天皇皇統）、大覚寺《だいがくじ》統《とう》（亀山天皇皇統）はそれぞれ政権をとると、自らの正当性を誇示するため勅撰集撰集を行うこととなる。後嵯峨院は十番目の勅撰和歌集『続後撰《しょくごせん》和歌集』と十一番目の勅撰和歌集『続古今《しょくこきん》和歌集』を、亀山院は十二番目の勅撰和歌集『続拾遺《しょくしゅうい》和歌集』を撰集し、のちに倒幕計画を推進し建武の新政を行った大覚寺統の後醍醐《ごだい ご》天皇（一二八八—一三三九）は十六番目の勅撰和歌集『続後拾遺《しょくごしゅうい》和歌集』を撰集している。また、十八〜二十一番目の勅撰和歌集『新千載《しんせんざい》和歌集』『新拾遺和歌集』『新後拾遺和歌集』『新続古今和歌集』に及ぶと、撰集は室町幕府の足利将軍によって発企《ほっき》され、それを受けて天皇が下命するという形になった。実質的権力者が撰集を進めることとなっていくのである。

このように、社会的な意味を持った勅撰和歌集であるが、応仁の乱の影響により『新続古今和歌集』以降は、編纂されることはなかった。

勅撰和歌集の撰者

三番目の勅撰集『拾遺和歌集』成立から約八十年後の応徳三年（一〇八六）、四番目の勅撰和歌集『後拾遺和歌集』が白河天皇（一〇五三—一一二九）に奉献された。撰集を下命した白河天皇はのちに院政を始める絶大なる権力を持った天皇であり、撰者はその白河天皇の近臣の藤原通俊《みちとし》（一〇四七—九九）であった。通俊は、母方の祖先に二番目の勅撰和歌集『後撰和歌集』の撰者のひとり大中臣能宣《おおなかとみのよしのぶ》（九二一—九九一）を持つ歌人であったというが（『尊卑分脈《そんぴぶんみゃく》』）、当時は他にも大江匡房《おおえのまさふさ》（一〇四一―一一一一）や源経信《つねのぶ》（一〇一六―一〇九七）などといった有力歌人が多かったため、通俊の撰者としての力量が批判された。通俊は経信などに『後拾遺集』の草稿を見せるなどして撰集を成し遂げたが、経信は『後拾遺問答』や『難後拾遺』をひそかに著し、『後拾遺集』を批判した。

このように勅撰和歌集の撰者は、歌人としての力量が求められた。たとえば、再び白河院によって下命された五番目の勅撰和歌集『金葉《きんよう》和歌集』の撰者を、経信の息子であり、当時の有力歌人であった源俊頼《としより》（一〇五五―一一二九頃）が七十歳前後で務めたのは、ある意味で隠当であった。撰者に選ばれることは、プレッシャーでもあり、名誉でもあった。

さて、中世における勅撰集の撰者の多くは、ある家の歌人が務めた。その家の名を御子《みこ》左家《ひだりけ》という。御子左家とは、藤原俊成《としなり》（一一一四―一二〇四）・定家《さだいえ》（一一六二―一二四一）・為家《ためいえ》（一一九八―一二七五）の三代を中心とする歌道家《かどうけ》をいい、彼らの祖長家《ながいえ》（一〇〇五―六四）（藤原道長の六男）が源兼明《かねあきら》（九一四―九八七）（醍醐天皇の皇子《みこ》で左大臣）の邸宅御子《みこ》左第《ひだりてい》を受け継いだことによる名称である。この御子左家において初めて撰者となったのは、定家の父である俊成であった。俊成は、七番目の勅撰和歌集である『千載和歌集』の撰者となる。八番目の勅撰和歌集である『新古今和歌集』においては、源通具《みちとも》・藤原有家《ありいえ》・藤原家隆《いえたか》・藤原雅経《まさつね》・寂蓮《じゃくれん》とともに定家が撰者に加えられ、九番目の勅撰和歌集『新勅撰和歌集』においては定家が単独で撰者となる。そして、十番目の勅撰和歌集『続後撰和歌集』において定家の息子である為家が単独の撰者となっている。また、為家は、十一番目の勅撰和歌集である『続古今和歌集』においても撰者のひとりに選ばれた。このように、三代にわたって勅撰集の単独撰者となることは、前代未聞のことであった。たとえば、御子左家と並ぶ歌道家であった六条藤家《ろくじょうとうけ》では、六番目の勅撰和歌集『詞華和歌集』の撰者藤原顕輔《あきすけ》（一〇九〇—一一五五）の息子である清輔《きよすけ》（一一〇四—七七）が次の勅撰集とすべく『続詞花《しょくしか》和歌集』を編纂したが、奏覧すべき二条天皇（一一四三—六五）が亡くなったため勅撰集とはならず、親子二代単独撰者の栄誉は実現しなかった（実は、『新勅撰集』も完成前に下命者後《ご》堀河《ほりかわ》天皇（一二一二—三四）が亡くなるが、こちらは勅撰集として認められた）。したがって、親子孫三代の単独撰者になった事績は、御子左家の地位を確固たるものにするに十分であった。

　為家の息子たちの代には二条・京極《きょうごく》・冷泉《れいぜい》の三家に分かれるが、以後も勅撰集の撰者はこれらの家から輩出した。ただし、保守的な古典主義の二条派と伝統的な枠組みに囚《とら》われない京極派とは対立し、為家の孫である二条為世《ためよ》（一二五〇—一三三八）と京極為兼《ためかね》（一二五四—一三三二）は事あるごとに対峙《たいじ》した。永仁元年（一二九三）に持明院統の伏見天皇（一二六五—一三一七）が下命した勅撰集撰集企画にはふたり共に撰者に選ばれたが、意見の対立などにより実現には至らなかった（永仁勅撰議《えいにんのちょくせんのぎ》）。そののち、為兼は讒言《ざんげん》により佐渡配流（先の撰集企画の頓挫はこれも大きな原因となった）となるのに対し、為世は後宇多《ごうだ》院（一二六七―一三二四）（大覚寺統、後醍醐天皇の父）の院宣《いんぜん》による十三・十五番目の勅撰和歌集『新後撰和歌集』『続千載和歌集』の撰者となった。為世の弟子には、浄弁《じょうべん》（生没年未詳）・頓阿《とんあ》（一二八九―一三七二）・能与《のうよ》（生没年未詳）（または、浄弁の息子慶運《けいうん》〈永仁年間（一二九三―九九）―一三六九以降〉）・兼好《けんこう》（一二八三頃―一三五二頃）の和歌四天王がいる。兼好は、『徒然草』の作者として今日よく知られている。一方、為兼は赦免され帰洛ののち、伏見院（持明院統）の院宣による十四番目の勅撰和歌集『玉葉《ぎょくよう》和歌集』の撰者の命が下されそうになるが、それに反対した為世が、為兼は撰者としてふさわしくないという訴状を朝廷に提出している（延慶両《えんけいりょう》卿訴陳状《きょうそちんじょう》）。しかし、最終的には為兼が単独撰者となり、京極派による勅撰和歌集が完成した。この二家の対立は両統迭立の対立とも絡み合い、社会に関連する問題ともなっている。

こうした二家であったが、京極家は鎌倉時代末期に、二条家は室町時代前中期に断絶する。そのため、最後の勅撰集となった『新続古今集』については、御子左家の流れではなく、『新古今集』の撰者のひとり藤原雅経を家祖とし、二条家とも良好な関係を築いてきた歌道家飛鳥井《あすかい》家の雅世《まさよ》（一三九〇―一四五二）が撰者となり、和歌四天王頓阿の曾孫で二条派の歌学を受け継ぐ尭孝《ぎょうこう》（一三九一―一四五五）が和歌所開闔となって完成させた。

俊成・定家・為家から続く歌道家の伝統は、三家のうち今日まで存続した冷泉家が守り伝えている。

応制百首

勅撰和歌集の編纂には、私家集《しかしゅう》、私撰集《しせんしゅう》、歌合《うたあわせ》、歌会《うたかい》、定数歌《ていすうか》などが資料として用いられた。私家集（または家集《かしゅう／いえのしゅう》）とは、歌人個人の歌を集めた歌集であり、勅撰集編纂に備えて編まれたものもあった。私撰集は、勅撰集の公的な撰集とは違い、私的に様々な歌人の歌を集めた歌集である。また、歌合は歌人たちを左右のグループに分け、左方《ひだりかた》・右方《みぎかた》の歌の優劣を争う行事であり、平安後期以降には自らの歌を左右に並べ競わせる自歌合《じかあわせ》というものも見られる。そして、歌会は和歌を詠《よ》む会合である。最後の定数歌とは、百首や五十首などの決められた一定数の歌を一人で詠むものであり、たとえば、百首歌の場合は一人で百首を詠出《えいしゅつ》する。それに対して、百首を何人かの歌人で詠む場合は、定数歌とは言わず、続歌《つぎうた》と言い分ける。また、定数歌・続歌の場合、組題《くみだい》が設定される場合がある。組題とは歌題のまとまりをいい、たとえば百首歌においては、一題一首の計一〇〇の歌題が設定される場合と、一題数首とする場合とがある。

最後にあげた定数歌であるが、中世においては勅撰集の編纂資料とするために詠まれた百首歌があった。応制百首《おうせいひゃくしゅ》という。応制（応製）とは、勅命に応じて詩歌を制作詠進することを言う。

応制による百首の最初は『堀河百首《ほりかわひゃくしゅ》』と俊成たち歌人には考えられたが、この百首歌は最終的には奏覧されたものの、厳密には応制ではなかったようだ（後述）。そののち、『久《きゅう》安《あん》百首』『正治初度《しょうじしょど》百首』『正治二度百首』『千五百番歌合』（詠進された百首歌を歌合に組んだ）が詠まれ、これら百首歌ののちに勅撰集が編纂されている。『堀河百首』ののちに『金葉集』、『久安百首』ののちに『詞花集』、『正治初度百首』『正治後度百首』『千五百番歌合』ののちに『新古今集』が成立するのである。

そして、これらを受け成立したのが『宝治《ほうじ》百首』である。勅撰集撰集の撰歌資料とすることを明確な目的として奏覧させたものは、これが初めてである。『続後撰集』の撰集資料とするための応制百首であり、以降の勅撰集撰集の際には、以下の応制百首が作られるようになった（括弧内は対応する勅撰集。数字で何番目の勅撰和歌集であるかを示した）。『宝治百首』（⑩『続後撰集』）、『弘安《こうあん》百首』（⑫『続拾遺集』）、『嘉元《かげん》百首』（⑬『新後撰集』）、『文保《ぶんぽう》百首』（⑮『続千載集』）、『正中《しょうちゅう》百首』（⑯『続後拾遺集』）、『貞和《じょうわ》百首』（⑰『風雅集』）、『延文《えんぶん》百首』（⑱『新千載集』）、『永和《えいわ》百首（永徳《えいとく》百首）』（⑳『新後拾遺集』）、『永享百首』（㉑『新続古今集』）、これらが詠進された。そして、二十二番目の勅撰和歌集編纂の際には『文正《ぶんしょう》百首』が詠進されるが、先に述べたように応仁の乱のため勅撰集編纂は頓挫した。

題詠

勅撰集に入集する歌の大半は、歌会・歌合・定数歌で詠まれたものであり、題詠《だいえい》であった。題詠には、歌会・歌合などの当日に出題されて歌を詠む当座《とうざ》（即題《そくだい》）と以前にあらかじめ出題され歌を詠む兼日《けんじつ》（兼題《けんだい》・宿題《しゆくだい》）とがある。『金葉和歌集』撰者の源俊頼は、「おほかた、歌を詠まむには、題をよく心得べきなり」（『俊頼髄脳《としよりずいのう》』〈新編日本古典文学全集『歌論集』〉）と歌を詠むときに歌題をしっかり把握する重要性を指摘していることからも、当時題詠が中心になっていたことが理解できよう。

また、私撰集として類題和歌集《るいだいわかしゆう》も編纂された。歌題ごとに歌を集め、題詠の参考とするもので、古くは平安時代中期の『古今和歌六帖《こきんわかろくじよう》』をその嚆矢《こうし》とする。鎌倉時代後期に編まれた『夫木和歌抄《ふぼくわかしよう》』は、全一万七千余首が五九六項目に分けられた中世最大の類題和歌集で、後世に大きな影響を与えた。

さて、題詠を考えるとき、規範となった組題がある。堀河百首題である。

『堀河百首』は『堀河院御時百首和歌』『堀河院百首』『堀河院初度《しよど》百首』『堀河院太郎百首』とも言われる百首歌である。別名に「初度」「太郎」とあるのは、堀河天皇のときに行われたもう一つの百首歌『永久《えいきゆう》百首』を『堀河院次郎百首』とも言うためである。ふたつあわせて『堀河院両度《りようど》百首』ともいうが、後世に大きな影響を与えたのは、『堀河百首』のほうである。この『堀河百首』の評価は高く、多くの勅撰集に選ばれた。たとえば、『金葉集』に四一首、『詞花集』に一〇首、『千載集』に七六首、『新古今集』に一九首が入集しており、とくに『千載集』では七六首も入集していることから、撰者俊成が『堀河百首』を高く評価していたことがわかる。堀河天皇（一〇七九―一一〇七）への奏覧《そうらん》は、長治二・三年（一一〇五・〇六）と考えられる。この企画をたてた発企者《ほっきしゃ》については、堀河天皇下命説、源俊頼《としより》発企説、藤原公実《きんざね》発企説があるが、俊成ら歌人たちは最初の堀河天皇下命説を信じていたようだ。しかし、現在の研究によればその可能性は低い。俊頼発企説、公実発企説のどちらかと考えるのが妥当であり、この百首歌の出来が良かったので堀河天皇に奏覧したのが真相のようである。また、『堀河百首』の百種類の題を考えた題者には源俊頼出題・大江匡房《まさふさ》出題の二つの説があるが、どちらかは確定できない。

それでは、どのような題が詠まれたかを具体的に見てみたい。

春二十首
立春　子日《ねのひ》　霞　鶯《うぐひす》　若菜　残雪　梅　柳　早蕨《さわらび》　桜　春雨《はるさめ》　春駒　帰雁　喚子鳥《よぶこどり》
苗代《なはしろ》　菫菜《すみれ》　杜若《かきつばた》　藤　款冬《やまぶき》　三月尽《さんぐわつじん》

夏十五首
更衣　卯花　葵《あふひ》　郭公《ほととぎす》　菖蒲《あやめ》　早苗《さなへ》　照射《ともし》　五月雨《さみだれ》　盧橘《ろきつ》　蛍　蚊遣火《かやりび》　蓮《はちす》　氷室《ひむろ》
泉　荒和祓《なごしのはらへ》

秋二十首
立秋　七夕　萩　女郎花《をみなへし》　薄《すすき》　刈萱《かるかや》　蘭《ふぢばかま》　荻《をぎ》　雁《かり》　鹿　露　霧　槿《あさがほ》　駒迎《こまむかへ》　月

擣衣《たうい》　虫　菊　紅葉　九月尽《くぐわつじん》

冬十五首

初冬　時雨《しぐれ》　霜　霰《あられ》　雪　寒蘆《かんろ》　千鳥　氷　水鳥　網代《あじろ》　神楽《かぐら》　鷹狩　炭竈《すみがま》　炉火《ろくわ》

除夜

恋十首

初恋　不被知人恋《ひとにしられざるこひ》　不遇恋《あはざるこひ》　初逢恋《はじめてあへるこひ》　後朝恋《きぬぎぬのこひ》　遇不逢恋《あひてあはざるこひ》　旅恋　思　片恋　恨

雑二十首

暁《あかつき》　松　竹　苔　鶴　山　川　野　関　橋　海路　旅　別　山家　田家《でんか》　懐旧　夢

無常　述懐　祝詞

これらを見てみると、今日考えられる季節の景物のイメージとだいたい一致するように思われる。また、旧暦と新暦の違いで、今日では一般的に夏のイメージがあり、そして実際にも今日の新暦では夏季である七夕が秋になっていることも興味深い。

さて、こういった題詠中心の時代に、歌人たちはどのように詠作に励んだのだろうか。鴨長明（一一五五？―一二一六）の歌論書『無名抄《むみようしよう》』には、宮内卿《くないきよう》（生没年未詳）、俊成卿女《しゆんぜいきようのむすめ》（一一七一頃―一二五二以降）の歌の詠み方について紹介されている。

今の御所には、俊成卿女と聞こゆる人、宮内卿と、この二人《ふたり》の女房、昔にも恥《は》ぢぬ上手どもなり。歌の詠みやうこそ、ことのほかに変はりて侍りけれ。人の語り侍りしは、俊成卿女は、晴の歌詠まむとては、まづ日頃かけてもろもろの集どもを繰り返しよくよく見て、思ふばかり見終《を》はりぬればみな取りおきて、火かすかに灯《とも》し、人遠く音なくしてぞ案ぜられける。

宮内卿は初めよりをはりまで、草子・巻物取り込みて、切灯台《きりとうだい》に火近々とともしつつ、かつがつ書き付け書き付け、夜も昼もおこたらずなむ案じける。

この人はあまり歌を深く案じて病になりて、一度《ひとたび》は死にはづれしたりき。父の禅門、「何事も身のある上のことにてこそあれ。かくしも病になるまでは、いかに案じ給ふぞ」と諫《いさ》められけれども用ゐず、つひに命もなくてやみにしは、そのつもりにやありけむ。

（角川ソフィア文庫）

当時の後鳥羽院の上皇御所において、昔にも劣らない歌の名手は俊成卿女と宮内卿の二人の女房（朝廷に仕える女官）であると長明は言う。長明は、上皇御所に置かれていた和歌所の寄人《よりうど》（実務担当の職員。ただし、のちに出奔《しゅつぽん》）になっているため、顔は合わせずともこの二人の存在を身近に感じていた人物である。この二人の歌の詠み方は変わっていると長明はある人の語ったことを紹介する。

俊成卿女は、実際には俊成の娘ではなく外孫である。父藤原盛頼《もりより》（生没年未詳）が鹿ケ谷《ししがたに》の謀議（平家討伐の密謀が発覚し処罰を受けた事件）首謀者のひとりである兄成経《なりつね》（一一五六―一二〇二）に連座して失脚したため、祖父母に引き取られ養女として育てられ、幼い頃から俊成・定家の身近で和歌を学んでいた。この俊成卿女の歌の詠み方は、何日もかけて様々な歌集を満足するまで繰り返し見たあと、それら歌集をすべて片付け、灯火をかすかにともして、人から遠く離れたところで音もなく歌を思案したという。

一方の宮内卿は、和歌所寄人の源具親《ともちか》（生没年未詳）の妹で、兄妹ともに後鳥羽院応制百首である『正治後度百首』に出詠している。宮内卿の歌の詠み方は、切灯台に火を灯して昼夜休むこともなく、草子や巻物を傍らに置いて見ながら少しずつ書いていくというスタイルであった。父の源師光《もろみつ》（生没年未詳）は病気になるほど思案する娘の様子を見て諫めたが、言うことを聞かず、その無理が積もったためか、とうとう二十歳前後で早逝してしまう。

現在一般的に世間の人々が持っているイメージ――昔の歌人は自然と簡単に歌が詠めたのだろう――とはかけ離れているだろう。長明は変わった詠み方としているが、大同小異、歌を詠むにはそれなりの苦労があったことが想像される。たとえば、他の歌人たちの詠みぶりとしても、俊成は「脇息により桐火桶をいだき、詠吟の声しのびやかにして」詠んだと後世の『ささめごと』に記述され（岩波日本古典文学大系『連歌論集』）、紀貫之《きのつらゆき》（八七〇頃―九四五頃）は歌一首を十日二十日かけて詠んだと『俊頼髄脳』に伝えられている。

歌謡と和歌

歌と社会との関係を考えるとき、歌謡との関係も忘れてはならないだろう。平安時代中期から末期にかけて流行した歌謡である今様を集めた『梁塵秘抄《りょうじんひしょう》』には「そよ　春立つといふばかりにやみ吉野の　山も霞みて今朝は見ゆらん」（長歌・一二。新編日本古典文学全集）という『拾遺集』巻頭歌をもとにした今様があるように和歌がほぼそのままの歌詞で謡われている事例が見られる。また、『無名抄』の「俊頼歌を傀儡《くぐつ》がうたふ事」という以下の逸話は興味深い。

富家《ふけ》の入道殿に俊頼朝臣候ひける日、鏡《かがみ》の傀儡どもまゐりて歌つかうまつりけるに、神歌《かみうた》になりて、

世の中は憂き身にそへる影なれや思ひ捨つれど離れざりけり

この歌を歌ひ出でたりければ、「俊頼、至り候ひにけりな」とてゐたりけるなむ、いみじかりける。

永縁《やうえん》僧正、このことを伝へ聞きて、羨みて、琵琶《びは》法師どもを語らひて、さまざま物取らせなどして、わが詠みたる「いつも初音の心地こそすれ」といふ歌をここかしこ

にて歌はせければ、時の人、ありがたき数寄人となむいひける。

今の敦頼《あつより》入道、またこれを羨ましくや思ひけむ、物も取らせずして、めくらどもに「歌へ、歌へ」と責め歌はせて、世の人に笑はれけりと。（角川ソフィア文庫）

この逸話は三段構成になっている。まず、富家の入道と言われた藤原忠実《ただざね》（一〇七八―一一六二）の邸に源俊頼が伺候したとき、芸能者である傀儡たちが参上して歌を歌っていたが、神歌（今様の一ジャンル）になると、俊頼の歌「世のなかはうき身にそへるかげなれやおもひすつれどはなれざりけり」（『金葉和歌集二度本』雑・五九五）を歌い出したので、「この俊頼も極意に達したのだな（俊頼、至り候ひにけりな）」と自讃《じさん》したという話が載せられる。次に、それを伝え聞いた永縁《ようえん》（一〇四八―一一二五）が羨み、琵琶法師たちに物などを与えて懇意にして、自分の歌「きくたびにめづらしければほととぎすいつもはつねの心ちこそすれ」（『金葉和歌集二度本』夏・一一三）を歌わせたので、当時の人たちは永縁をめったにいない数奇人《すきびと》であると讃《たた》えたという。そして、最後に道因（藤原敦頼入道）（一〇九〇―一一七九以降）が永縁を羨み、盲僧たちに物も与えず、無理矢理に自分の歌を歌わせたので、世間の笑いものになったというオチで終わっている。

これらからは、和歌の名手として認められるには勅撰集に入集することももちろん重要であったが、それだけではなく芸能者たちによって歌謡として謡われることにも意味を見いだしていたということである。流行歌謡として謡われることは、社会的に歌が認められることであり、「至る」ことの証しであった。

また、ここには歌を声に出すことの重要性も認められるのではなかろうか。藤原俊成の歌論書『古来風躰抄《こらいふうていしょう》』には、「歌はただ読みあげもし、詠じもしたるに、何となく艶にもあはれにも聞こゆる事のあるなるべし。もとより詠歌といひて、声につきて良くも悪しくも聞こゆるものなり」（歌論歌学集成）と声に出したときの聴覚的身体的感覚を重視しているが、俊成に『千載和歌集』撰集を下命した後白河院（一一二七―九二）の著した『梁塵秘抄口伝集《くでんしゅう》』においても声に関する言及が多い。また、鎌倉新仏教のひとつ浄土宗の開祖である法然の「御消息」には「罪のかろきおもきをも沙汰せず、心に往生せんとおもひて、口に南無阿弥陀仏ととなへば、声につきて決定《けつじょう》往生のおもひをなすべし」（日本思想大系）と口称《くしょう》念仏における声の重要性を説いた記述もある。また、後白河院の『口伝集』には、「神社に参りて、今様うたひて、示現を被《かぶ》ることたびたびになる。いちいちこのことを思ふに、声足らずして妙なることなければ、神感あるべき由を存ぜず。ただ、としごろたしなみ習ひたりし劫《こふ》のいたすところか。またことに信《しん》をいたしてうたへる信力《しんりき》のゆゑか。おほよす今様を好むこと、四十余年の劫をいたす」（講談社学術文庫）と今様によって神が霊験を示し現したことは多々あるという。これは、自分の音声はまだまだ足らないことが多く、優れているわけではないので、どうして得られたのかはわからず、長年のあいだ精進努力を尽くして謡ったためであろうか、それとも四十年にわたり今様を謡い続けてきたからかと述べている。ここでは「足らずして妙なることなければ」と謙遜し、神の示現を得た理由はわからないとするが、ここには神の示現は声によって齎《もたら》されるのだという感覚のあることも読み取れるだろう。同時代的に声を重視する意識のあることが認められるのである。歌と声の関係は、今日でも重要な問題であろう。

古今伝受

公的な和歌の権威として、先に勅撰集について述べたが、最後にもう一つ中世・近世において和歌の権威となったものを紹介しておこう。古今伝受《こきんでんじゅ》である。

最初の勅撰和歌集である『古今和歌集』の講釈の伝授は平安時代にはすでに行われていたが、とくに〈古今伝受〉という用語を使う場合、室町時代以降に行われた秘伝を核とした伝授形式のことを指す。

二条家の血脈が絶えたあとの歌界を飛鳥井雅世とともに主導し、最後の勅撰集『新続古今和歌集』の和歌所開闔《かいこう》を務めた暁孝の弟子に、東常縁《とうつねより》（一四〇七―八四頃）という美濃《みの》国《くに》郡山領主を嗣《つ》いだ武将がいる（常縁は、冷泉派の歌僧正徹《しょうてつ》〈一三八一―一四五九〉にも教えを受けている）。頓阿から尭孝へと代々受け継がれていた二条派の歌学を学んだこの常縁が、連歌師で歌人でもある宗祇《そうぎ》（一四二一―一五〇二）に『古今集』の講釈をしたことから古今伝受が始まる。宗祇はその再度にわたる講釈を『古今和歌集両度聞書《りょうどききがき》』にまとめ、常縁によって「門弟随一」という証明を受けた。そして、この『両度聞書』では記述されていない秘伝を常縁から切紙《きりがみ》（秘伝を書いた紙片）として伝授され、伝授修了を証明する文書が与えられた。尭孝の弟子の尭恵《ぎょうえ》（一四三〇—九八）も伝授を行っているが、こちらは中世末期に断絶した。様式的に完成している宗祇流古今伝受は、これ以降、歌人で古典学者である三条西実隆《さねたか》（一四五五—一五三七）・公条《きんえだ》（一四八七—一五六三）・実枝《さねき》（一五一一—七九）と歌道家三条西家を中心に伝えられていく。実枝は、息子公国《きんくに》（一五五六—八八）が幼かったため、弟子の細川幽斎《ほそかわゆうさい》（一五三四—一六一〇）にいったん伝授し、幽斎は実枝が亡くなったのち公国に伝授した。

また、幽斎の伝授は、正親町《おおぎまち》天皇（一五一七—九三）の孫で桂離宮を造営したことでも有名な八条宮智仁《としひと》親王（一五七九—一六二九）にも行われた。そして、この智仁親王が後《ご》水尾《みずのお》天皇（一五九六—一六八〇）に伝えることで、御所伝授が始まっていく。さて、この幽斎から智仁親王への伝授には有名な逸話がある。

慶長五年（一六〇〇）三月十九日から四月二十九日まで計二十四回の『古今集』講釈を幽斎は智仁親王に対して行っていた。こののちさらに講釈が進められるはずであったが、関ヶ原の合戦に伴う行動として、戦国武将である幽斎は徳川家康方につくため居城である丹後田辺城に戻り、伝授は途中のままになってしまった。幽斎は田辺城に籠城し、石田三成方の軍勢を引きつけることとなる。古今伝受の正統的継承者として活躍するはずであった三条西公国は早くに亡くなり、いま古今伝受を正統的に継承しているのは幽斎のみであった。幽斎の死を恐れた智仁親王は和睦を勧めるが聞き入れられず、幽斎からは古今伝受の証明書などが智仁親王のもとに届けられた。のちに後陽成天皇（一五七一―一六一七）から開城すべきとの勅使が派遣されるに至り、幽斎の命は救われることとなる。古今伝受は、天皇さえも動かす権威となっていたのである。

以上、中世社会のなかの短歌について、話題をいくつかに絞りながら見てきた。短歌というものが、勅撰集や古今伝受を通じて政治的な関わりを持ったことが見えるとともに、そうした短歌を通じて、個人の自己実現というものが行われていたことも見えてくるだろう。短歌は社会と個人とをつなぐツールとしても機能していたのである。

【コラム】仏教と短歌

荒木優也

ここに消えかしこに結ぶ水のあわの憂き世にめぐる身にこそ有りけれ

能〈土蜘蛛《つちぐも》〉冒頭の場面で、病に重く沈む源頼光《よりみつ》（九四八—一〇二一）が口ずさむ歌である。口ずさむことで、「水の泡」のように儚《はかな》い我が身であると病により弱気となった頼光の心情に形が与えられているが、実際にはこの歌は頼光の詠作ではなく、平安中期の重要な歌学者であり歌人である藤原公任《きんとう》（九六六—一〇四一）の歌である。今のカラオケと同じように、当時も自分の意に沿った他人の歌を口ずさむことがあった。そう言えば、公任撰の『和漢朗詠集』も宴における朗詠に適した名歌名詩を収録したものであった。

また古くは『万葉集』に「古歌」という言葉が見られ、人々が自分の心に形を与えるかのように古歌を口ずさんでいる。〈土蜘蛛〉では、頼光と敵対する土蜘蛛ノ精も「我が背《せ》子《こ》が来べき宵なりささがにの蜘蛛のふるまいかねてしるしも」（紀六五の異伝歌）という古歌をつらねる。歌は折々の感情に形を与えるかのように人々（や妖怪）の口をついて出てくる。

さて、この歌は先述のように公任の歌であり、また釈教歌《しやつきようか》に分類される歌である。釈教歌とは何か。ごく簡潔にいえば仏教関係の内容を詠み込んだ歌である。その内容は、①法《ほう》文歌《もんか》、②法縁歌《ほうえんか》、③述懐の三つに大きく分けられる（平野多恵「釈教歌の方法と文体」『日本文学』六十三巻七号、二〇一四年）。①法文歌は教旨（『法華経』などの仏教経典内の譬喩《ひゆ》・語句）・教理（仏教の教理・用語）、②法縁歌は信仰体験、③述懐は宗教的心情の吐露を詠むものである。この釈教歌は、天皇・上皇の命によって編まれた勅撰《ちょくせん》和歌集においても、四番目の勅撰集『後拾遺和歌集』（一〇八六成立）から巻二十（雑六）内に「釈教」が項目立てられ、七番目の勅撰集『千載和歌集』（一一八八成立）からは巻十九の一巻すべてが「釈教歌」にあてられており、和歌の分類として公認されている。

ただし、それ以前にも釈教的内容の歌は詠まれており、公任詠もそれにあたる。最もよく詠まれた法文歌である「法華経二十八品歌《にじゅうはっぽんか》」も藤原道長（九六六―一〇二八）が姉の東三条院詮子（九六二―一〇〇二）の一周忌法要に際して詠ませたのが初めであった（藤原有国「讃法華経二十八品和歌序」『本朝文粋』巻十一・三四九）。法文歌の始発はこの道長・公任の時代であり、同時代に成立する三番目の勅撰集『拾遺和歌集』（一〇〇五―〇六頃成立）巻二十哀傷部の末尾には釈教歌がまとめられ収録されている。あらためて公任の歌を見てみよう。

維摩経十喩、この身は水のあわの如しといへる心をよみ侍りける　前大納言公任
ここに消えかしこに結ぶ水のあわの憂き世にめぐる身にこそ有りけれ

（『千載集』釈教歌・巻頭歌・一二〇二。『公任集』二八九では「うき世にすめる」）

『千載集』釈教部の冒頭の歌として収録されていることからも、後世にたいへん評価された歌であった。作歌事情を書いた詞書《ことばがき》からは、『維摩経《ゆいまきよう》』に見られる「十喩《じゆうゆ》」の「此《こ》の身は無常なり〈略〉此の身は聚沫《じゆまつ》の如し〈略〉此の身は、泡のごとし」（植木雅俊訳『梵漢和対照・現代語訳　維摩経』岩波書店、二〇一一年）をうけて詠まれたことがわかり、釈教歌の分類で言えば①法文歌にあたる。

『維摩経』は、聖徳太子による注釈とされる『維摩経義疏《ぎそ》』があるように、日本においても比較的早くから重視された経典であり、その「方便品《ほうべんぼん》第二」に無常を聚沫・泡・炎・芭蕉・幻・夢・影・響・浮雲・雷の十のたとえで説いている箇所がある。公任は、その聚沫・泡を歌に詠み込んでいるのであり、その無常の存在である自分は「憂き世にめぐる身」すなわち輪廻《りんね》転生《てんしよう》を繰り返す存在であると詠んだのである。〈土蜘蛛〉ではこの歌を頼光に口ずさませることによって悲しみを表白させているが、本来、無常とは悲しいものなのであろうか。ここには、無常観と無常感の違いの問題がある。

無常観とは仏教の本来の無常の捉え方であり、万物流転を客観的に捉えるのに対し、無常感とは無常を哀切な悲しみとしてまた何よりも深い感動として捉える（小林智昭「無常ということ」『無常感の文学』弘文堂、一九六五）。釈教歌も仏教との関係からすれば、無常観を詠むのが本来であろうが、公任の歌には悲しみの情も読み取ることが可能だ。これは公任以前の無常と沫・泡を詠んだ歌との関係もあるだろう（詞書の原文は省略）。

世の間《なか》を何にたとへむあすか川さだめなき世にたぎつ水のあわ（『順集』一一一）

巻向《まきもく》の山辺《べ》ひびきてゆく水の水泡《みなわ》のごとに世《よ》をばわが見る

（『拾遺集』哀傷・一三二〇。『万葉集』巻七・一二六九・柿本人麻呂歌集の異伝）

源順（九一一—九八三）は、詞書によれば応和元年（九六一）に相次いで女児と男児を失い、無常の思いに捉われていた。悲しみの涙が乾かないため、『万葉集』の沙弥満誓《さみまんせい》（生没年未詳）詠「世の中を何に喩《たと》へむ朝開《あさびら》き漕ぎ去《い》にし船の跡《あと》なきごとし」（巻三・三五一）の上二句を踏まえて詠んだ十首のうちの一首がこの歌である。満誓詠を踏まえて歌を詠んだ理由は、悲しみに仏教的価値観という形を与え心を癒やすためであろう。また、伝人麻呂（生没年未詳）詠は、詞書に妻の死を悲しんで詠んだという。

これらの歌には無常を詠む動機として、家族の死があった。そして、その悲しみが自覚されたときに、和歌と仏教とは出会う。これらの歌は悲しみを乗り越えるために人の死を無常観として捉え直そうとする姿勢があるが、詞書との対比のなかに無常感が自然と顕《あらわ》れている。公任が「水の泡」と詠む時、これらの悲しみも「憂き世」と「身」の関係のなかで立ち顕れてくるのである。

釈教歌のなかには悲しみが関与しない歌もある。しかし、その一方で釈教歌のなかには仏教的教理との対比のなかで悲しみを自覚する歌も存在するのであり、またその悲しみを契機として、人間とは何かという哲学的思索へも人々を導いたのである。

古代社会のなかの短歌

新沢典子

古代の歌の主題

平安時代以降、和歌の中心的な形式は短歌となり、その形式は現代に至るまで継承されているわけだが、奈良時代以前の和歌、またそれを模範とした江戸時代の国学者らの和歌には長歌という様式が併せて用いられたことはよく知られている。

和歌はもともと5音節と7音節の組み合わせを一単位としたようで、現存する最古の和歌集である『万葉集』の中には、

・「5・7」を何度か繰り返し、「5・7・7」で歌い終わる長歌
・「5・7」と「5・7・7」より成る短歌
・「5・7・7」と「5・7・7」より成る旋頭歌《せどうか》
・「5・7」と「5・7・7」と「7」より成る仏足石歌《ぶっそくせきか》

の四種の歌体が確認できる。

そのうち、旋頭歌は、『万葉集』中に六二首存するが、約二六〇首が残る長歌の約四分の一に過ぎない。加えて、旋頭歌のうち半数以上が、「柿本人麻呂歌集」という、『万葉集』成立以前に存在し、『万葉集』の中にのみ名を残す歌集を典拠とする。また、仏足石歌については、薬師寺の仏足跡歌碑に刻まれた二一首がこの歌体であることからそう呼ばれるものであるが、文学作品においては、『万葉集』に一首が残る他は『古事記』と「播《はり》磨国風土記《まのくにふどき》」に一首ずつ見られるのみである。

　これら二つの歌体は、出現が偏っており、資料の残る時代の和歌として一般的でなかったと考えられるからひとまず措《お》くとして、長歌についてはどうか。長歌は『万葉集』に偏って現れる特徴的な歌体であり、額田王や柿本人麻呂、山部赤人といった代表的万葉歌人には必ずといっていいほど有名な長歌作品があることから、『万葉集』に多く残るとのイメージが先行しがちであるが、実際には、短歌が約四二〇〇首と『万葉集』の九割以上を占めるのに対して、長歌の総数は二六〇首と全体の〇・五割ほどに過ぎない。

　もちろん、長歌は『万葉集』という文学作品に見られる文芸上の限定的な営みというわけではなかった。平城京の東張り出し部の東南隅からは長歌の一部を記したと思われる天平十九年（七四七）頃の木簡が見つかっている。栄原永遠男（『万葉歌木簡を追う』和泉書院二〇一一年）によると、「玉尓有皮手尓麻伎母知而伊東□」と記す当該の木簡は、直木孝次郎の見立てに従えば、典礼で長歌が詠われた可能性を示すものであるのだという。

こうした状況をふまえても、平安時代以降に長歌が廃れた原因は、浅田徹（『和歌文学大辞典』「長歌」）が解説するように「晴れの行事での儀式的和歌唱詠が行われなくなったこと」によると考えられる。別の言い方をすれば、日常普段のやりとりで長歌の活躍する場がなかったということになろう。

『万葉集』に収められた歌は、大きく、儀礼歌や宴席歌、季節歌などから成る「雑歌」、恋の歌を基本とする「相聞」、人の死に関する歌を集めた「挽歌《ばんか》」に分類される。長歌はそのうち、『万葉集』全体の四分の一を占める大伴家持作歌を除くと、天皇やその治世を讃美《さんび》するいわゆる宮廷讃歌を含む雑歌や、故人の生前を叙述して死を悼む挽歌的内容に集中する。たとえば、長歌と短歌の混在する巻一～六の六巻についてそれぞれの分類における長歌の割合を見ると、雑歌の一五％、挽歌の一八％であるのに対して、相聞では三％に満たない。

このことから、古代社会の日常普段の歌について、

・「恋」を主題とする歌が多くを占めていた

・長歌という形式は「恋」という主題ややりとりにそぐわなかった

という仮説が立てられそうである。ただし、『万葉集』は一つの編纂《へんさん》方針のもとに歌を集めた文芸作品であるので、生の古代社会の歌のあり様を直接的に映すものではない。しかしながら、「風土記」などの同時代文献にわずかながら残る歌は、古代社会の日常にどの

ような歌が詠《うた》われていたかを知るヒントとなり得よう。
それらを見ると、たとえば、「常陸国《ひたちのくに》風土記」（香島郡《かしまのこおり》）に、卜部《うらべ》氏《うじ》の同族が毎年四月十日に祭りを設けて酒を飲み舞った歌として、

あらさかの 神の御酒を たげたげと 言ひけばかもよ 吾が酔ひにけむ
（新しい神酒を飲め飲めと、あんまり言うもんだから、すっかり酔ってしまったよ）

といった、飲みすぎを人のせいにする酔っ払いの言いわけの歌が記されている。『日本書紀』の歌謡にも、

味酒　三輪の殿の　朝門にも　出でて行かな　三輪の殿門を　（紀一六）
味酒　三輪の殿の　朝門にも　押し開かね　三輪の殿門を　（紀一七）

のごとき、「朝まで飲みたいな」「どうぞどうぞ朝まで飲んでください」という主旨と思《おぼ》しき歌が残る。土橋寛（『古代歌謡全注釈日本書紀編』角川書店 一九七六年）によると、前者は宴がお開きになって帰る側の歌う立歌《たちうた》で、後者はそれを送る主人側の送り歌であったという。現代でも、宴会では、「今日は終電は諦めるか」とか、「今夜はウチに泊まればいい

よ」といったやりとりがあちらこちらで交わされている。これと同様のやりとりが歌の形で、古代社会でも交わされていたと考えてよいだろう。
また、「肥前国風土記」（松浦郡）には、大伴狭手彦《さでひこ》が任那《みまな》に渡る際に松浦佐用姫《まつらさよひめ》が別れを惜しんで領巾《ひれ》を振ったという説話の中に、狭手彦そっくりの蛇の詠った歌として、

篠原の 弟姫の子そ さひとゆも 率寝てむしたや 家に下さむ
（篠原の弟姫や。一夜でも引っ張り込んで寝られたら家に帰してやろうぞ）

との一首が記されている。歌と物語とを切り離して見ることは最近の研究手法には適さないけれど、試しに歌詞だけ取り出してみれば、女を誘う男の歌であること自明である。「率寝《ゐね》」の語は現代語でいうところの「連れ込む」であって、『万葉集』の中にも「筑波《つくば》嶺《ね》の嶺《ね》ろに霞居《かすみゐ》過ぎかてに息づく君を率寝て遣《や》らさね（「筑波山の嶺にかかる霞のように嘆息ばかりで一向に進まぬあの男。こちらから引き込んで寝て帰しておやりよ」）（14・三三八八）のごとくさっさと関係を持ってしまえと促す家族の歌があったり、老僧がかつて寺の長屋に童女を連れ込んだと自慢する「橘の寺の長屋に我が率寝し童女放《うなゐはな》りは髪上げつらむか」（16・三八二二）という歌があったりする。これらをふまえれば、蛇から佐用姫に「率寝てむしたや 家に下さむ」と向けた「肥前国風土記」収載の一首は、当時巷間《こうかん》で交わされて

いた歌詞に起源を持つものであろうと想像される。ここまで整った形の歌であったかどうかは不明だが、宴の座興や求愛といった生活に密着した場面でこうした類いの歌が短歌形式で多く詠われていたのであろう。

『万葉集』から『古今和歌集』との間の和歌資料の乏しい時期について浅田徹（「『敷島の道』のリセット—古今集注釈の近代—」『文学・語学』全国大学国語国文学会編 第二三六号 二〇二二年十二月）は、

和歌資料乏少期は、当時は和歌を書いて記録することが稀《まれ》だったという、当たり前の事実の反映でしかない。万葉集によって上代の歌が大量に遺《のこ》っていることの方が奇跡なのであって、万葉集の後に和歌が捨てられていた時期があったわけではないのだ。

と述べている。これは万葉時代の日常普段の歌にもそのまま当てはまるだろう。『万葉集』を見ると、行幸従駕歌や宮廷讃歌などが古代和歌の中心的主題の一つであったように見えるものの、そこに残るのは古代社会の和歌の上澄みで、その下には多くの宴席や性愛に関わる短歌のやりとりがあったと考えるのが自然である。

地方官人と歌

二〇〇七年十二月、紫香楽宮《しがらきのみや》の跡とされる滋賀県甲賀《こうか》市の宮町遺跡から出土した「なにはづ」の歌が記された木簡のもう片方の面に、「阿佐可夜……［　　］流夜真」のごとき、歌の一部と思われる文字の記されていることが、栄原永遠男によって発見された。

天平十六年（七四四）末から十七年（七四五）初め頃までに埋没した木簡であるとのことだが、延喜五年（九〇五）成立の『古今和歌集』の仮名序には、この二首と一致すると思しき歌とその初句が、「歌の父母の様《やう》」としてセットで記されている。

なにはづに咲くやこの花冬こもり今は春べと咲くやこの花
あさかやま影さへ見ゆる山の井の浅き心をわが思はなくに

当該木簡の出土によって、これら二首を一組とする認識が『古今和歌集』仮名序の書かれた延喜五年（九〇五）から百五十年以上遡って確認されたことや、『万葉集』巻十六にも載る「あさかやま」の歌が『万葉集』の編纂以前と思しき木簡に記されていたことから大きな話題となったのだが、「なにはづ」の歌に関しては、珍しいものではなく、四〇例近くの木簡や土器・瓦などが確認されており、その中には徳島市の観音寺遺跡や姫路市辻《つじ》井《い》遺跡といった地方出土の木簡も含まれている。前者は七世紀末、後者は八世紀前半の木簡であるという。

また、地方というわけではないものの、難波宮跡《なにわのみやあと》から「皮留久佐乃皮斯米之刀斯□（はるくさのはしめのとし）」と万葉仮名で記された七世紀半ばの木簡や、奈良県明日香《あすか》村の石神遺跡から『万葉集』の巻七の歌（7・一三九一）の一部が万葉仮名で記された七世紀後半の木簡が出土している。

犬飼隆『木簡から探る和歌の起源―「難波津の歌」がうたわれ書かれた時代』（笠間書院二〇〇八年）はそうした史料をもとに、

古代日本の律令国家において、都の高級貴族から地方の下級官人、防人の妻たちにいたるまで、行事の席における儀礼として「歌」をうたう機会があったと筆者は考えている。行事の席でうたうことは人類に普遍的な現象であるが、日本の律令制度の典礼の一環に「歌」が位置付けられ、官人たちは業務の一環として「歌」を筆録していた。行政文書の起草ほど毎日の仕事ではなかったとしても、官人としての職務の一つであった。

との見解を示している。上記の観音寺遺跡は阿波《あわ》国府に隣接しており、辻井遺跡は播磨《はりま》国府と推定される本町遺跡より三キロほどの距離にある。七世紀末から八世紀前半には、中央・地方を問わず、下級官人に至るまで歌を記す機会と能力があったと考えてよい。
歌集としての『万葉集』は、中央官人が筆録し編纂したものであるから、地方官人の書記能力とは直接関わらないのだが、『万葉集』巻十八には、当時の地方官人が短歌に親しんだことのわかる次のような歌がある。

しなざかる越《こし》の君らとかくしこそ柳かづらき楽しく遊ばめ　（18・四〇七一）

右、郡司已下子弟已上の諸人多くこの会に集ふ。因《よ》りて守《かみ》大伴宿禰《すくね》家持この歌を作る。

右の歌は、天平二十年（七四八）の作であり、左注には、前の国師（国分寺に配された僧官）の従僧であった清見《せいけん》が都に上る際に越中守であった大伴家持の邸宅で饗宴《きようえん》を催し、土地の郡司やその子弟なども参加したという作歌事情が記されている。残念ながら、その人たちの歌は歌集には残っていない。けれども、この直前に配された、越中掾《えつちゆうのじようく》久米広縄《めのひろなわ》の館での宴席歌群の中には、越中守大伴家持の作歌と並んで、羽咋《はくい》郡の擬主帳（郡の準書記官）であった能登臣乙美《のとのおみおとみ》たる能登郡を本拠地とする地方豪族の歌が記されており、家持が、居り明かしも今夜は飲まむほととぎす明けむ朝《あした》は鳴き渡らむそ〔二日は立夏の節に応《あた》る。故に明けむ旦《あした》に喧《な》かむといふ〕（18・四〇六八）

のごとく、「翌四月二日は立夏にあたる。夜明けと共にほととぎすが鳴き渡ろうぞ」と暦に基づいて季節を詠じる内容に、「そうだとしても、とても明日まで待てないのです」と応じている。

明日よりは継ぎて聞こえむほととぎす一夜のからに恋ひ渡るかも（18・四〇六九）
右一首羽咋郡擬主帳能登臣乙美作

第三句が「ほととぎす」であるのは偶然ではなく、この歌群中の四首すべてに共通する。恐らくそうしたルールのもとで歌が作られたのであろう。中央から派遣された官人と地方豪族が宴の場で歌を通じて交流し、テーマに従って歌い継ぐといった宴席での所作までもが地方に伝播《でんぱ》するあり様がうかがえる。さらに、この歌群の前には、「射水《いみず》郡の駅《うまや》家の柱に記された歌」とされる作者不明の一首が載る。

射水郡の駅館の屋の柱に題著したりし歌一首

朝開き入江漕《こ》ぐなる梶《かぢ》の音のつばらつばらに我家《わぎへ》し思ほゆ　（18・四〇六五）

第五句に「我家し思ほゆ」とある望郷を主題とする一首であって、射水郡に公務で赴いた中央官人が駅の柱に記し残した歌と見てよい。

これらの歌を収める『万葉集』巻十八は、天平二十年（七四八）春三月から天平勝宝二年（七五〇）二月までの歌から成り、八世紀半ばの中央官人と地方官人たちの歌を通しての交流のあり様を伝える。八世紀半ばの時点ですでに、短歌のやりとりを通じた地方官人との交流のあったことが確かめられるわけである。

『万葉集』には「東歌《あずまうた》」といって、遠江国《とおとうみのくに》以東の国の人々の歌を集めた巻がある。その巻が編まれたのは、山田孝雄「万葉集の編纂は宝亀《ほうき》二年以後なるべきことの証」（『心の花』第二十八巻十二号　一九二四年　竹柏会）によると宝亀二年（七七一）以降であるという。武蔵国はもと東山道所属の国であり宝亀二年十月に東海道に編入されたことが『続日本紀《しょくにほんぎ》』に明らかなのだが、東歌の巻では国名が、伊豆→相模→武蔵→上総《かずさ》→下総《しもうさ》→常陸のごとく、東海道の西から東の順に武蔵国を含んで並んでいるためである。

地方の庶民の歌であるはずの東歌に中央貴族の作である歌と共通の様式が見られる点に疑問が呈せられる場合もあるが、八世紀の後半といえば、中央から地方へ繋《つな》がる官道整備や国司の派遣が開始されてから百年あまりが経過しているのであった。宴席の場にしばしば女性が同席していたことは『万葉集』に明らかであるし、国司が長い在任期間中に土地の者を娶《めと》ることもあったようである。また、国庁や郡庁での宴に参加した上級官人が別の宴席にそこでの所作を持ち込むこともあったであろう。先に見たように、宴席の場や性愛の駆け引きと歌は不可分な関係にあった。読み書きができたかどうかは別にして、中央の影響を受けた様式や表現・作法が、公務上の関わりのあった地方官人はもちろん、その他の人々にも広く伝播していたと考えられる。

序詞や掛詞の本質

さて、紫香楽宮跡から発見された木簡の話に戻ろう。木簡の片面に書かれた「あさかやま」の歌が『万葉集』巻十六に残ることはすでに述べたが、『万葉集』の左注には歌の詠まれた状況が以下のように記されている。

安積香山影さへ見ゆる山の井の浅き心を我が思はなくに　（16・三八〇七）

右の歌、伝へて云はく、葛城王《かづらきのおほきみ》、陸奥国《むつのくに》に遣はされたる時に、国司の祗承《しぞう》の、緩怠《くわたい》なること異に甚だし。ここに王の意悦《こころよろこ》びずして、怒りの色面に顕はれぬ。飲饌《いんぜん》を設けたれど、肯《うけが》へて宴楽せず。ここに前《さき》の采女《うねめ》あり、風流びたる娘子なり。左手に觴《さかづき》を捧《ささ》げ、右手に水を持ち王の膝を撃ちて、この歌を詠む。すなはち王の意《こころ》解け悦びて、楽飲すること終日なりといふ。

左注を要するに、「葛城王が陸奥国に赴いた際に国司の供応があまりにも失礼であったため、王は怒りを滲《にじ》ませ終始不機嫌であった。ところがそこに、宮廷への出仕経験がある都文化に通じた前の采女がおり、盃《さかずき》を持って王の膝を打ちながら右の歌を詠むとたちまち王の怒りが収まり、終日楽しく酒を飲んだ」というのである。陸奥国の片田舎だと思っていたのが、宮仕えの経験があり都の文化に精通していた女がいて、機嫌を直したといったところか。

右の万葉歌において采女は葛城王の怒りを鎮めたこととなっているが、『古事記』にも、采女の歌が天皇の怒りを鎮めたという似たような話が残る（『古事記』雄略天皇条）。『古今和歌集』の仮名序で、「力をも入れずして天地を動かし、目に見えぬ鬼神をもあはれと思はせ、男女の仲をも和らげ、猛《たけ》き武士の心をも慰むるは歌なり」と説かれるような、和歌の力が目の前の困難を解消するいわゆる歌徳説話の一つであるが、『古今和歌集』の仮名序はなぜこの歌を「歌の父母」の「母」に相当する歌と考えたのだろうか。

『古今和歌集』に付された仮名序で紀貫之は、古今集時代の歌について、「和歌が真心の表出としての言の葉ではなく、表面的な華やかさを重んじる花と化した結果、色好みの家に埋もれた木としてのみ残り、言の葉の元来のあり様からほど遠いものとなった」と手厳しく批判する。続けて、「その初めを思へば、かかるべくなむあらぬ」として、古《いにしえ》の代々の帝は季節ごとに侍臣を召して歌を奉らせたと説く。続いて、「ならの御時」に至って、柿本人麻呂という歌の聖が君臣一体のあり様を歌によって表現していたと万葉時代の歌に言及する。

つまり、古（万葉集の時代）と今（古今集を編纂しようとする時点）での歌の違いが、「君臣一体の具現」と「私的な恋のやりとりの具」のごとく対比的に把握されているわけであり、「歌の父母の様《やう》」とされる二首は、前者の理想的な世界を表すペアとして引かれていると考えてよい。天皇たるべき人物の徳が国の隅々まで行きわたり花までもが感化することを詠う「なにはづ」の歌と、地方在住の前の采女が王の御心を歌でもって慰める「あさかやま」の言葉は、季節歌と恋歌のような体裁をしていても、本質的には君臣一体という古代の理想的な歌のあり様を表す二首として定位されているのである。

ともあれ、『古今和歌集』の仮名序で「歌の父母の様《やう》」とされる二首のうち、「なにはづ」の歌は「この花」の開花が天皇の即位を意味するいわば譬喩《ひゆ》歌であり、「あさかやま」の歌の上句は第四句「浅き心を」を導く序詞《じよことば》である。歌は「歌の父母の様《やう》」とされる二首からしてすでに、譬喩や序の形式をはらんでいたことになる。この二首ばかりではない。

作者未詳の歌から成り、目録において「古今相聞往来」の上下との巻とされる『万葉集』巻十一と巻十二には、「旋頭歌」「問答」と共に、心情をストレートに述べる表現様式を指す「正述心緒」と、物に寄せて思いを陳《の》べる「寄物陳思」とが小分類を形成している。「古今相聞往来」とは文字通り、古と今の恋の応酬を並べて収載するということであるから、物に寄せて思いを陳べる形式は、『万葉集』編纂時点から見た「古《いにしえ》」にもあった歌体として認識されているわけである。

正岡子規が明治三十一年（一八九八）二月から三月にかけて新聞「日本」に十回にわたって「歌よみに与ふる書」の記事を執筆し、「貫之は下手な歌よみにて古今集はくだらぬ集に有之候」（「再び歌よみに与ふる書」）と、紀貫之と『古今和歌集』を痛烈に批判して和歌革新を進めたことはよく知られている。「歌よみに与ふる書」において子規のいうところの「生が好む所の万葉調」は、たとえば、

もののふの八十氏川の網代木にいさよふ波のゆくへ知らずも　（3・二六四）

の一首について、「万葉時代に流行せる一気呵成《いつきかせい》の調にて少しも野卑《やひ》なるところはなく字句もしまり居り候へども全体の上より見れば上三句は贅物《ぜいぶつ》に属し候」（「四たび歌よみに与ふる書」）と評しており、また、「むやみに縁語を入れたがる歌よみはむやみに地口《じぐち》駄洒落《だじやれ》を並べたがる半可通《はんかつう》と同じく御当人は大得意なれども側より見れば品の悪しきこと夥《おびただ》しく

候」（「十たび歌よみに与ふる書」）と「むやみに縁語を入れたがる歌よみ」を批判している。この子規の批判を真正面から受ければ、序詞や縁語などを用いず、線状的に展開する自然言語そのもののような歌が万葉調と受け止めてしまいそうであるが、『万葉集』の歌は、数こそ少ないものの、長歌で長々と述べたことを反歌で反復して内容をまとめ表すという形式を一つの柱とする。その内容が短歌一首で完結的に表せるのは、掛詞《かけことば》や縁語、歌枕によって内容を凝縮できたためであり、そうした意味で、いわゆる修辞と呼ばれる表現形式は和歌が短歌という様式を保つことのできるいわば命綱であった。

修辞に対する子規の冷淡な発言は、もちろん当時の歌よみへの強い批判を表すセンセーショナルな物言いに他ならないのだけれども、また、主観より客観に比重を置いたために相違ないのだけれども、青年期以降の子規の創作活動が、俳句から始まり、新体詩、短歌、新体詩に代わって長歌と、長歌から短歌へという和歌史と真逆に展開したことも一つの要因ではなかったかと思われる。

斎藤茂吉『正岡子規』（創元社　一九四三年十二月）によると、子規は明治三十三年（一九〇〇）春の阪井久良伎宛書簡において「短歌が占領する主観の区域は俳句より遥に広く候」と認めており、明治三十四年（一九〇一）の『墨汁一滴』において落合直文の歌を「この歌は雑報記者が雑報を書きたる如き者にして少しも感情の現れたる処なし。これでは先づ歌の資格を持たぬ歌ともいふべきか」と、「感情の現れ」を「歌の資格」と認め、

「短歌を抒情詩《じよじようし》の一体としてその本質を明らめようとし」たのだという。
景と人の心情とがどのように関わっているかについての古代人の認識は、『万葉集』の歌においては長歌の中に具体的に示されている。長歌に表れたその認識を短歌体の内に凝縮して示すために必要だったのが序詞や掛詞であり、古今集歌人の中でそれを意識的に実践したのは、他ならぬ貫之ではなかったかと思われるのである。

紀貫之の歌

紀貫之は、序詞や掛詞をいかなるものと捉えていたのか。次の歌を通して考察してみよう。

山寺へ行く道にてよめる
朝露のおくての山田かりそめにうき世の中を思ひやるかな
（貫之集 第八 七五五／古今集 哀傷 八四二）

冒頭の「あさ露の（置く）」は実景のようでもあり、「おく」を掛詞として「晩稲（おくて）の山田」を導く序としても機能している。哀傷歌であり、人の命のはかなさが「朝露」に重ねて表されているわけだが、すぐ消えてなくなってしまう「露」と人命を重ねた表現は、遡って『万葉集』の歌にも複数認められる。
次に挙げるのは、『万葉集』巻九に収められた田辺福麻呂《たなべのさきまろ》歌集を典拠とする長歌であり、題詞によると、弟の死去を哀しんで作った歌とある。

父母が 成しのまにまに 箸向かふ 弟の命《みこと》は 朝露の 消易《けやす》き命 神のむた 争ひかねて 葦《あし》
原《はら》の 瑞穂《みづほ》の国に 家なみや また帰り来ぬ 遠つ国 黄泉《よみ》の界《さかひ》に 延《は》ふ蔦《つた》の 己が向き向き
天雲《あまくも》の 別れし行けば……
（9・一八〇四）

注目されるのは、ここで人命のはかなさが「朝露の 消易き命」、また、死別の様が「延ふ蔦の 己が向き向き 天雲の 別れし行けば」と、「朝露」「延ふ蔦」「天雲」といった自然現象そのものとして表現されている点である。
次に挙げる大伴家持作の挽歌でも同じように、「うつせみの仮れる身」がこの世から姿を消すあり様が「露霜」や「入り日」に重ねて表されている。

……はしきやし 妹がありせば 水鴨《みかも》なす 二人並び居《ゐ》 手折りても 見せましものを うつ
せみの 仮《か》れる身なれば 露霜の 消《け》ぬるがごとく あしひきの 山路をさして 入り日なす
隠りにしかば……
（3・四六六）

人を自然の一部と捉え、その死を把握する挽歌表現は、右の歌においては、「神のむた争ひかねて」「うつせみの 仮れる身なれば」に明らかなように、対比されるものとしての神の存在を前提とする。

対比される神の領域はといえば、「うつせみ」とは異なって、うつろうことはない。次の万葉歌では、立山《たちやま》の雪が夏も消えないことが、「神ながらとそ」のごとく、神性の発現として表現されている。

立山に降り置ける雪の常夏に消ずて渡るは神ながらとそ　（17・四〇〇四）

かかる認識は、『万葉集』の時代だけでなく、平安和歌の表現にも継続して認められる。『後撰和歌集』に収載された次の歌では、神の世界との境（「神垣山」）に生える賢木《さかき》の葉は時雨に打たれても色が変わらないと詠う。

ちはやぶる神垣山のさか木葉は時雨に色も変はらざりけり　（後撰集　冬　四五七、よみ人しらず）

次の一首は、神の世界との境界に這《は》う葛《くず》でさえこちら側の世界のうつろいから逃れられないと詠うものであり、右の歌と同種の認識を下敷きとする。

神社のあたりをまかりける時に、斎垣の内のもみぢを見てよめる
ちはやぶる神のいがきに這ふ葛も秋にはあへずうつろひにけり
（古今集 秋下 二六二、貫之）

かかる表現をふまえてみると、本項冒頭に挙げた貫之の「朝露の」で始まる一首の中に「神」の存在は見えないけれども、「朝露」も「晩稲（おくて）」も人もうき世の中の仮そめの存在に過ぎないという、その「うき世の中」とは、神の世に対するこちらの世界を指す表現であったと思しい。貫之は『古今和歌集』仮名序の中で、歌を通じての君臣一体を描写した後に、人の生き様を、

年ごとに鏡の影に見ゆる雪と波とを歎き、草の露、水の泡を見て我が身を驚き、……今は富士の山も煙立たずなり、長柄《ながら》の橋もつくるなりと聞く人は、歌にのみぞ心を慰めける

と述べている。ここでの「人」は、もちろん「長柄の橋もつくるなりと聞く人」というのでなく、（cont.）のでなく、上述のすべてを受けながら、見る物、聞く物を通して我が身のはかなさを自覚する「人という存在全般」を指す。すなわち、ここで「人」に対比されるのは、文章を遡れば、「人の世となりて」の「人」に対比されるところの「神世」の神ということになる。

人の生死に関わる歌のみならず、恋歌においてもはかなさを露に喩《たと》える表現が見られる。平野由紀子「古今和歌集—二つの文脈」（『国語と国文学』第一〇七八号 東京大学国語国文学会編 二〇一三年九月）は、「音にのみきくの白露夜はおきて昼は思ひにあへず消ぬべし」（古今集 恋一 四七〇、素性）の一首について、

聞く‥‥起き‥‥思ひ ‥‥‥消ぬ（自分の恋の状態の文脈）
菊 ‥‥置き‥‥‥‥日‥‥‥消ぬ（菊の白露の文脈）

といった、二つの想いの流れが同時に同じ強さで現れる詠みぶりは、『万葉集』にはなく、九世紀後半いわゆる六歌仙の時代に初めて現れるのであり、これを可能にしたのが掛詞の働きであったと述べる。なるほど、本稿で「うつせみの世」と神世とが対比されながら人を自然の中で把握する例として引いた万葉歌はいずれも長歌であった。長歌に表されたそうした思想を短歌という小さな器に盛ることを可能にするのが掛詞であったと言い換える

ことができようか。

これらの歌を介して見ると、神の存在がどこにも描かれない次のような歌、

人の心かはりたるに
色見えでうつろふ物は世の中の人の心の花にぞありける

（小町集二〇／古今集 恋五 七九七）

なども、変化という事態そのものが神の世界に対比されるこの世の条理として捉えられ、人と花とが同じ側にあることを前提とした表現であると理解される。その上で、人の心変わりが、同じ側にあるはずの花のうつろいとの差異を通して発見されるわけである。

神と異なって、世の条理から逃れることができぬ「世の人」が、自然を鏡のようにしながら、それとの同一性を確認し我が身を顧みて、歌に言い表して心を慰める。くり返しになるが、そうした和歌の本質を短歌という小さな器に盛り込んで実現可能にする方法の一つが掛詞や序詞なのであった。

語の由来への信仰

『伊勢物語』の「東下り」章段に、

名にし負はばいざ言問はむ都鳥我が思ふ人はありやなしやと

（伊勢物語第九段／業平集八一／古今集 羈旅歌 四一一）

とよく知られた歌がある。「都の鳥という名を持つのだから都の事情に精通しているだろう。どうか教えてくれ、私の愛する人がそのままでいるかどうかを」と、名と実体の一致を前提とする内容であり、この歌をふまえて詠んだと思しい次の和泉式部の一首も同様に、都鳥に都の事情を問うている。

和泉に下り侍りけるに、夜、都鳥のほのかに鳴きければよみ侍りける

言問はばありのまにまに都鳥みやこのことを我に聞かせよ

（和泉式部集六七二／後拾遺集 羈旅 五〇九）

「都鳥という以上、都を知るはずだ」と名に信頼を置いてみせるこれらの歌は、一種の諧《かい》謔《ぎやく》とも見えるが、言葉遊びなどではなく、「名」を実体の現れと捉える思想に基づく表現であったと考えられる。

名と実体との関係への認識は、新沢典子「神々の争ひ」（『美夫君志』第一〇二号 美夫君志会編 二〇二一年四月）に述べたとおり、とくに土地の名の起源説話に顕著に表れる。具

体的に見たい。
『古事記』上巻には、『古今和歌集』仮名序が短歌の始発と定位するスサノヲの「八雲立つ出雲八重垣……」の歌が載るが、その直前には、

爾《しか》くして須賀といふ地に到り坐《ま》して、詔《のりたま》はく、「吾《あれ》、此地に来て、我《あ》が御心すがすがし」とのりたまひて、其地に宮を作りて坐《ま》しき。故、其地は今に須賀と云ふ。

のごとく、神の「我が御心すがすがし」との心情とその発露たる発言によって、土地が「須賀」の名を得たという地名起源が語られている。右のごとき、地名起源説話は『古事記』や「風土記」といった上代文献に複数見えるが、神の発話に基づくという点が重要でありそうなことは、たとえば、「常陸国風土記」(茨城郡)の次の話からも確かめられる。

昔、倭武の天皇……水部《もひとりべ》をして新たに清井を掘らしめたまふに、出泉《いずみ》浄く香り、飲喫《の》むにいと好かりしかば、勅云《みことの》りしたまひしく、「よく渟《た》まれる水かな」とのりたまふ。これによりて、里の名を今田余《いまたまり》といふ。

井から香りのよい泉が湧き出て渟《た》まったので「今田余《いまたまり》」となった、と語ればよさそうな

ものだが、「よく渟《た》まれる水かな」という天皇のセリフを介して土地が名を得るのである。「豊後国《ぶんごのくに》風土記」にも、景行天皇が大分郡を遊覧した際に「広く大きなるかも、この郡は。碩田《おおきだ》の国と名づくべし」と言ったセリフが「大分《おおきだ》」の名の由縁であると記されている。面白いのは、地名の起源となるセリフの内容が吉事に限らないという点だ。「播磨国風土記」（託賀《たか》郡）「都多岐《つたき》」の地名は、讃伎日子《さぬきひこ》の神が氷上刀売《ひかみとめ》に求婚した際、建石命《たていわのみこと》を雇って武器を用いて抵抗したため、讃伎日子が負け、去り際に残したセリフ「我はそれ怯《つたな》きかも」に由来するという。また、「常陸国風土記」の筑波郡の条には、神祖《みおや》の尊《みこと》が福慈《ふじ》（富士）の神に宿泊を断られ、恨み泣いて「生涯の極み冬も夏も雪降り霜置」くようになると罵ったことを発端として、富士山に一年中雪が降るようになったと語られている。こうして見てくると、勝敗の結果や発言内容の吉凶にかかわらず、神や古の天皇の感情やその発露としての発話に基づくという点がとくに重要であったのではないかと思われる。

　地名起源の由来が資料に残る例は限られるが、その他の土地にしても、土地の名が遠く古の神や天皇の時代の何らかの出来事に由来するという認識はあったのではなかろうか。和歌の中に、「名に負ふ」土地を目の当たりにして「これやこの」と感嘆する歌が見えるが、その感嘆は、たとえば、

これやこの名に負ふ鳴門の渦潮に玉藻刈るとふ海人娘子《あまをとめ》ども
（15・三六三八、田辺秋庭《たなべのあきには》）

これやこの行くもとまるも別れては知るも知らぬも逢坂の関
（素性集四七／後撰集 雑一、蝉丸）

というように、鳴門の渦潮はごうごうと鳴り、逢坂の関では人々が出逢うというごとく、その名の表す内容のとおりであることを発見した感動を表すものと見える。

これとは逆に、旅の歌において、土地の名と自身の置かれた状況との齟齬《そご》を詠って、望郷や失意を表すことがある。土地は神の思いを反映した名に裏付けられた本質を変えないが、人や自然は絶えず変化するのであり、その結果、両者の間にはズレが生まれる。

あをによし 奈良山過ぎて もののふの 宇治川渡り 娘子《をとめ》らに 逢坂（あふさか）山に 手《た》向《むけ》くさ 幣取り置きて 我妹子に 近江（あふみ）の海の 沖つ波 来寄る浜辺を くれくれと ひとりそ我が来る 妹が目を欲《ほ》り
（13・三二三七）

筑紫に下り侍りけるに、明石といふ所にてよみ侍ける
物思ふ心の闇し暗ければあかしの浦もかひなかりけり（後拾遺集 羇旅 五二九、伊周《これちか》）

地名と実際は一致するはずなのに、「逢ふ」という名を持つ土地であるのに妻に会えない、「明石」であるのに心は暗いと、地名と現状との齟齬に詠み手の置かれた状況が非常事態として浮かび上がる。後者の歌は、詞書によると、伊周が配所へ向かう途上での作なのであった。

貫之の歌に話を戻そう。田中喜美春（私家集全釈叢書『貫之集全釈』風間書房 一九九七年）によると、貫之は隣人藤原興方《おきかた》に妻を奪われた出来事を、

直路にて君か恋ひけんかきつばたここをほかにてうつろひぬべし

（貫之集 第九 八〇九）

と、「興方が直情的に恋して自分の所有としたかきつばた（妻）は私を捨ててゆく」という意味の歌に表したのだという。『万葉集』において「かきつばた」は美女そのものとして詠われ、「垣津幡」といった「垣」を用いた表記で記されている。単なる譬喩というのでなく、

名はそのものの本性に即して与えられるという言語感によれば、与えられた名はその意味を実現する。かきつばたを名に負う以上、垣になってうつるしかない

という認識のもと、妻の気持ちが隣人に移ったという現実を、言葉を介して自然現象として把握したのだとする。

田中の言うように、「人間と自然が言葉を介して共存していると認識することによって、世界の中における自己のありようを把握」するのが貫之の歌であったのだとすれば、客観的な景色を歌にする前提にその景色を美しいと思う主観の存することを認めつつ、天然を写して歌をなそうとした、とくに晩年の子規の目指した方向は、「主客両観」の程度の差こそあれ、貫之のそれと大きくは変わらない。貫之が万葉歌の基層を成す認識を短歌に表した歌人の一人であり、その作歌は万葉的な歌と相対するものではなかったためである。言葉は実体の現れであるという文芸上で確かめられる認識を、古代人の信仰のような実態に結びつけるのは危険に過ぎるだろうか。

憂いを忘れさせるアイテムとして「忘れ貝」や「忘れ草」が歌に詠まれることがある。多くの場合、「身につけた（あるいは植えた）のに忘れられない」との嘆きが理屈に回収されない不合理として表出されるのだが、そうしたまじないの類いもまた、名は実そのものであるという言葉への信頼の発現であった可能性がある。もちろん単なる諧謔《かいぎゃく》であった可能性も同程度に残るのだけれども、たとえ、言葉遊びの側面が強くあったとしても、歌ことばとして受け継ぎ歌として詠むこと自体が、かつてあったかもしれない言葉の由来に対するある種の信仰に支えられた行為であったという点までは言ってよいのではなかろうか。

枕詞についても同様に考えられよう。

本文引用は以下に拠《よ》り、現代語訳は私に付した。『萬葉集CD-ROM版』（塙書房）、新日本古典文学大系『古今和歌集』『後撰和歌集』『後拾遺和歌集』（岩波書店）、和歌文学大系『小町集・業平集・遍昭集・素性集・伊勢集・猿丸集』（明治書院）、私家集全釈叢書『貫之集全釈』（風間書房）、新編日本古典文学全集『古事記』『日本書紀』『風土記』『伊勢物語』（小学館）、『子規選書第七巻 子規の短歌革新』（増進会出版社）。

対談　さまざまな短歌

上野　誠
小島ゆかり

短歌界の地殻変動？

上野　今、短歌の世界に新たな動きが起きているようですね。統計データでは言えないにしても、高校生をはじめ若い投稿者が増えているのは確かだ、と聞いています。そうした動きを小島さんはどのように見ていらっしゃいますか。

小島　これまで短歌を支えてくれていたご年配の方が多く集まっていた短歌大会は、コロナを経て、少し応募が減ってきています。ところがジュニアの部もあるような大会では、ジュニアの投稿歌がとても増えたので、全体的に多くなっているんですね。

ただジュニアの部では、学校の先生に言われて投稿する場合も多いので、短歌が好きというより、宿題みたいな感じで作っている生徒さんも多い。それは歌を見ればわかっちゃう。それでも、「短歌を作ろうよ」という全体的なムードが生まれ、積極的に新聞歌壇や短歌大会に投稿してくれる若い人が増えているのは確かです。何でもそうでしょうが、分母が大きくなるにつれ「こんなに面白いことがあったのか」と気づく人も増える、そういうことだと思います。

上野　国語の改定学習指導要領では、実用日本語的な方向へシフトしています。その方向と、歌を詠む若者が増えているという動きは真逆だと思うんです。実際に新聞で選歌をなさっている小島さんから、今起きている波がどう見えるのか、さらに詳しく教えてくれませんか。

小島　最近の短歌界の波には二つあると思っています。一つは、団塊の世代ぐらいの方（とくに男性）が定年退職し、まだまだ意欲もおありになり、さらに人生経験も豊かですから、むかし啄木の歌が好きだったなあ、なんてことを思い出して歌を作り始める。短歌の投稿者は長年女性が多かったんですが、ここ数年ぐらい、とくに新聞歌壇ではむしろ男性のほうが多い。これはちょっと注目すべき現象ですね。

もう一つの波は、今上野さんがおっしゃった、若い人への拡がり。学校の課題も含め「やってみようよ」「ちょっと面白いかも」という感じから、「自分試し」の意味で新聞に投稿し、未知の選者に読んでもらおうとする動きが生まれています。選者のほうも、ただの贔屓《ひいき》はしませんが、一〇から二〇代の人でセンスのいい作品を見つければ、やはりそれを選びたい。それが歌を続けるきっかけになるかもしれない、と思うからです。選ばれて自分の歌が活字になればやっぱり、うれしいですよね。今の若い世代は、メールやLINEなど、短いセンテンスで物を言うことに慣れていますから、短い詩形に抵抗がなくて、みんな上手です。そして、日常の場ではなかなか難しい自己表現ができるよろこびも、あると思います。情報を伝える実用的な言葉も大事ですが、それだけでは味気ない。若い世代だってやはり、心を伝える言葉を求めていると感じます。

高校生の短歌の大会には、現在大きなものが三つあります。私はそのうち二つに関わっていますが、生徒たちは真剣そのもので、トーナメント戦を勝ち上がってゆくなかで、なにか不思議なエネルギーが働いてうまくなってゆくんです。若いってすごいなあと思います。毎年、感動と愛《いと》しさでいっぱいになりますねー。最近は、大きな大会で賞を取ったりすると推薦入試やＡＯ入試でそれを評価されて合格できる大学も増えてますから、やりたいことで自分が評価され、さらに大学への道まで開けるのは、これまで文芸のジャンルにはなかったことで、多様化の面白さではないかしら。

もちろん、いいことばかりではありませんが、ネット系だろうと学校の課題だろうと、歌への間口が広くなるのはうれしいことです。なにか違うなあ、表現の細かいことめんどくさいなあ、というのでやめちゃう人もいるでしょう。でも、それはそれでいいのです。

上野　学生を連れて歌舞伎やオペラに出かけ、感想文を提出させると、大体みな同じように書きます。「こんなに素晴らしいものに今まで接しなかったのが残念です。先生に連れて行っていただけたおかげで、これからは鑑賞しようと思います」と。約一年後に調査をすると、実際に舞台に行くようになる人は千人中一人か二人ぐらいなんですが（笑）。

センスの良さと、型の不思議

上野　学校短歌の傾向には二つありますよね。先入観がまったくない生徒が、これまでの歌に囚《とら》われずに作る傾向と、逆に短歌の歴史に合わせたくて俄《にわ》か勉強をし、短歌らしい表現を目指す傾向。どちらが多いですか。

小島　たとえば教科書や参考書に、私の世代では斎藤茂吉や与謝野晶子の歌が載っていました。自分が歌が好きで、そしてこの歳になったからこそ、茂吉の歌は「すごいな」と感じますが、中学生や高校生であの味わいを理解するのは無理でしょう（笑）。面白いと思えるわけがない。そもそも時代が違う。

でも『サラダ記念日』以降は、俵万智さんの歌をはじめ、まさに現代の若い歌人の作品が学校で紹介されるようになりました。すると「あ、この気持ちわかる」というので、自分との距離が近くなる。ですから同じ学校での短歌学習といっても世代により全然違うと思います。

上野　若い人がそういう地点からスタートしていることを、選をしていて感じられますか？

小島　はい。感じます。言葉の選択やリズムの作り方が、どんどん新しく変わってきていますす。はじめから詩的センスのいい人と、自己満足の気分的な表現になってしまう人がいますが、そのセンスだって、早くから花開く人と、途中から開く人がいるんですね。努力してきたものがジャンピングボードになり、眠っていた何かが突然目覚める、といいますか……。文芸は長い道のりですから、いつどんなふうに才能が開花するかなんてだれにもわからない。私たちの世代だって、まだみんな途中です。だから、続けることですよね。

俳句や短歌が他のジャンルと少し違うのは、型があることなんです。ひらめく言葉や感覚的なセンスが優れていると、型ときちんと向き合わないで、自分勝手に作っちゃうこともある。若さって、冒険心やチャレンジ精神でもあるから、型からはみ出していろいろやりたくなっちゃう。型を疑い型を破ることは、もちろん大事なことで、それによって詩形が更新されるわけですが、型を無視したら、それはもう短歌じゃない。型があるからこそ、型破りの輝きもある。

定型詩はつまり韻律詩ですから、型とリズム、韻律とは分かち難いものです。文語体でも口語体でも、字余りや字足らずや句割れや句またがりや、あれこれチャレンジしながら、それでも見せ消《け》ちのように韻律を働かせて表現するのが短歌だと、私は思っています。たった一つの助詞が表現に奥行きをもたらしたり、何か一つ言葉を捨てるだけでリズムにうねりが生まれたりする。本当にわくわくします。

　今はネットの時代ですから、考えや歌の作り方が違うさまざまな人たちのグループがあって、いわゆる歌壇的なリーダーとは別のスター歌人が誕生しているんですね。残念ながらネットに弱い私には、そこが見えにくいんですが……。たぶんいつの時代も、そんな渾沌《こんとん》とした全体として詩歌は受け継がれてきたんじゃないでしょうか。

上野　教科書的には、『万葉集』『古今』『新古今』「八代集」と、時代が下るにつれて徐々に型が固まってくる、と学生たちに教えます。しかし、そんなことはなくて……。『万葉集』にも、型というものを意識した「型破り」があります。我々は五音と七音の韻律を持っているから、型を破った面白さもわかる、ということですね。

小島　そうなんです。

上野　『万葉集』の「一二の目のみにはあらず五六三四《ごろくさむし》さへありけり双六《すぐろく》の采《さえ》」（長忌寸意吉《ながのいみきおき》麻呂《まろ》）とか「萩の花尾花くず花撫子《なでしこ》の花をみなえしまた藤袴朝顔の花」（山上憶良）も、よく考えたら、型があるから型破りとなって面白い。だから『万葉集』の時代にすでに、渾沌としているわけですよね。それを考えると、今のように型が一方であって、「それ何するものぞ」という方向が共存しているのは普通なのかもしれないですね。

大伴旅人の讃酒歌《さんしゅか》十三首は、背後にある漢文がわからないと絶対にわからない仕掛けになっています。たとえば「古《いにしへ》の七の賢《さか》しき人」の語は、それまで歌の言葉として使われたことのない言葉を、漢文からどんどん翻訳して入れています。だからゴツゴツしていると言えばゴツゴツしているし、まどろっこしいと言えばまどろっこしいのです。（藤原）俊成の評が面白くて、「こんな歌は決して真似してはいけない」と書いてあります（笑）。だから、旅人のアバンギャルドもある。型というものが横にあって、その型に添う人も、型へのアンチで作っていく人もいる。つまり、型への距離が問題だということですね。

小島　まさにその通りです。のちの定家や西行の歌だって、当時どうだったのかはわかりません。でも作品が残っていく中で、研究者の人を中心に、歌人なども後付けで名歌を発見していく。名歌はそうやって、作者だけというより、時代、作者、当時の読者、後々の読者と、まさにいくつものマスの中から生まれてくると思っています。

そこで今回の本ですが、たいていは歌人なら歌人目線だけの本、学者さんなら学者さんだけの目線による本が多いなか、両者の目線が合体している点がとてもいいと感じます。

二〇二四年の空気感

上野　我々はあくまで、この二〇二四年の空気感を背負っていて、その中で活動しています。この本の企画を考えるにあたって、私も俄か勉強ながら夜な夜なネットで検索し、『ホスト万葉集』も岡本（真帆）さんの歌集も読みました。それで、二〇二四年の空気感を反映した歌への、私なりの見方が正しいかどうかを小島さんに聞きたいんですが……。

それは、きわめて薄味で、微妙な共感――こんな料理を作ったよ、とか、今日こんなに綺麗な花を見たよ――を他者に求めている、というものです。近代短歌観における新しい歌が、団塊の世代の人の拳を振り上げるような歌として、自分にはこびりついているところがあります。

そこから見ると、ライト化している。小説も、小説とライトノベルに分かれていて、今はおそらくライトノベルのほうが主流かもしれません。そういう淡さ、軽さ。そして、微妙な共感を求める世界がある。私がちょっと顕微鏡を覗《のぞ》いた限りではそんな感じがします。

小島　そう、今はそういう時代かもしれません。若い人たちにとって信じられるものが少ないとか、生きづらい、という感覚に通じます。みんな時代のなかで生きていますから、育ってきたとき体に溜《た》まっている感覚が、上野さんや私の世代と違うのだと思います。

私たちが若い世代に感じるとまどいと、若い世代がこちらに感じるとまどいは、違和感という点で同じだと思うんです。だからこそ場をともにすることが大切ではないでしょうか。自分のことはじつは自分がいちばんわからないので、他人からの視線で気づくことが多い。

若い人も自分たちだけでまとまっていると、そんなにいい方向へは行かないでしょうし、いくら歌がうまくなっても年寄りばかりで集まっていたら、年寄りの感覚でしか歌が作れなくなります。そういう危うさはどちらにもある。

『うたげと孤心』にまなぶ

小島　ＮＨＫ大河ドラマの主人公が紫式部だというので、最近よく『源氏物語』の和歌について取材を受けたり、若い人と鼎談《ていだん》したりします。そうするととても楽しい。私はこれまで古典の名作だと思い込んで『源氏物語』を読んでいるので、「光さん、ちょっとやりすぎじゃん」ぐらいは思っても、あくまでも昔の物語のなかのこととして日常感覚とは違うところで理解してきた気がします。でも、優れた文学の担い手である若い人から「末摘花のエピソードなんて明らかにルッキズムの問題に触れる」「紫の上を拉致監禁しているのだから、あれは犯罪ではないか」などと言われるとびっくりして、しかしなるほどとも思うんですね。そういう読みは、時代の中で当然出てきていい。逆に、私が作中の和歌の話をすると、「『源氏物語』の女の人たちが歌でこんなに自己表現をしているとは気づかなかった」という感想を言ってくれる。それで、お互いにとてもいい刺激を受けます。

話を大きくしてしまいますが、大岡信《おおおかまこと》さんの代表的な日本文学論・和歌論に『うたげと孤心』があります。日本文学の源流には和歌があり、和歌を中心とした日本の文学の本質は「うたげ」と「孤心」だと。いつの時代も創作は孤独と向き合うもの、つまり孤心ですが、一方で、歌合や歌会や、仲間と場をともにする宴によって、互いに表現を磨いてきたんですね。

その両方があったからこそ日本文学は特異で豊かなものになった、という論です。「令和」の出典になったのも、『万葉集』の中にある「梅花の宴」ですね。コロナのときには短歌大会など、いわゆる宴が激減してしまいました。しかし次第にオンラインによる集まりが少しずつ定着し、別のスタイルの宴が生まれました。遠方の人、ご病気の人、子育て中の人ともすぐに繋《つな》がれるのがオンラインの良さです。

現代短歌もやはり宴とともにあることを痛感しました。新聞歌壇や雑誌の短歌欄は、顔は見えませんが、見ず知らずの人が心を見せてくれる場です。さらにほんの短い選評でも、「あんなに深く理解してもらえてうれしかった」とお葉書をいただくこともあります。顔が見えなくても気持ちが繋がる。宴が成立しているのだと感じます。年齢や空間の隔たりを超えて、そういう投稿による歌壇が、全国紙から地方紙まで多数あるなんて世界的にも稀有《けう》なこと。素晴らしいと思いませんか。

上野　もともと短歌そのものが、時間と空間を超えていく大切なコミュニケーションツールですね。たとえば「この宴には出られなかったけれど、後から歌を出します」というかたち、「私はこの歌ができて二〇〇年後の人間ですが、これに和します」というかたちも歌では可能です。雑誌もネットも、顔が全員見える場も仮想空間なので、どちらにしても短歌というのは仮想空間と相性がいいのかもしれませんね。

（了）

（構成　佐藤美奈子）

李白・杜甫の事典

参考文献

■短歌の過去、現在、未来
上野誠　二〇一〇「白川静の万葉論」立命館大学白川静記念東洋文字文化研究所編『入門講座　白川静の世界Ⅱ 文学』平凡社
上野誠　二〇一四『万葉びとの宴』講談社
渡部泰明編　二〇一四『和歌のルール』笠間書院
上野誠　二〇一七『万葉集から古代を読みとく』筑摩書房
上野誠　二〇一八『万葉文化論』ミネルヴァ書房
上野誠　二〇一九『体感訳 万葉集 令和に読みたい名歌36』NHK出版

■歌を歌う
青柳隆志　一九九九年『日本朗詠史　研究篇』笠間書院
青柳隆志　二〇〇一年『日本朗詠史　年表篇』笠間書院
青柳隆志　二〇〇八年「大永二年綾小路資能筆和歌披講譜をめぐって」『中世文学』第五十三号　中世文学会
大原重明　一九二七年『歌会乃作法』郢曲会
岡野弘彦・篠弘・岡井隆・馬場あき子・佐佐木幸綱監修　二〇〇八年『現代短歌朗読集成』同朋舎メディアプラン
日本文化財団編　二〇〇五年『和歌を歌う─歌会始と和歌披講』笠間書院
西村多美子・福島泰樹　二〇〇五年『短歌絶叫』（CD音源付）鳥影社
福島泰樹出演　二〇〇四年DVD『遥かなる友へ「福島泰樹短歌絶叫コンサート」総集編』クエスト
冷泉為臣　一九四三年「冷泉流披講小考」『東亜音楽論叢　田辺先生還暦記念』山一書房

■ネット空間のなかの短歌
短歌と公募の情報サイト最適日常　https://saiteki.me/
短歌ポータルタンカフル　http://tankaful.net/
偶然短歌bot　Xアカウント @g57577
星野しずる　Xアカウント @Sizzlitter
情報・知識オピニオン imidas「暴走するバーチャル歌人・星野しずるとは?」
　https://imidas.jp/jijikaitai/l-40-121-12-10-g379
斉藤斎藤　二〇〇四年『渡辺のわたし』Bookpark
笹井宏之　二〇〇八年『ひとさらい』Bookpark
雪舟えま　二〇一一年『たんぽるぽる』短歌研究社
我妻俊樹　二〇二三年『カメラは光ることをやめて触った』書肆侃侃房
永井祐　二〇一二年『日本の中でたのしく暮らす』Bookpark
うたの日　http://utanohi.everyday.jp/
口語詩句投稿サイト72h　https://www.kougoshiku-toukou.com/
トナカイ語研究日誌　https://bokutachi.hatenadiary.jp/
橄欖追放　http://petalismos.net/
日々のクオリア　https://sunagoya.com/tanka/
朝日新聞デジタル「俵万智×AI短歌　歌人と拓く言葉」
　https://www.asahi.com/special/tawaramachi-aitanka/
朝日新聞デジタル「AIが俵万智さんの歌集を学習したら　開発者が言語モデルを解説」
　https://www.asahi.com/articles/ASQ744WG1Q71UCVL01Y.html

■コラム　短歌の笑い
伊藤博　二〇〇五年『萬葉集　釋注八　巻第十五　巻第十六』集英社文庫ヘリテージシリーズ
上坂あゆ美　二〇二二年『老人ホームで死ぬほどモテたい』書肆侃侃房

工藤吉生　二〇二〇年『世界で一番すばらしい俺』短歌研究社
笹公人　二〇一七年『ハナモゲラ和歌の誘惑』小学館
山川藍　二〇一八年『いらっしゃい』角川書店

■教科書のなかの短歌

小澤まみ　二〇一九年「和歌の特質から考える和歌教材の可能性」『学芸国語教育研究』第三十七巻　東京学芸大学国語科教育学研究室
桔梗亜紀　二〇二〇年『ときめく心―中学生の相聞歌』水曜社
永吉寛行　二〇一九年「〈教育実践報告〉高等学校における古典和歌学習について―新科目「言語文化」を視野に入れた試み―」『語文』第一六五輯　大阪大学国語国文学会
西一夫　二〇〇五年「古典和歌教材研究―「国語総合」所載の万葉集・古今和歌集の活用―」『人文科教育研究』第三十二号　人文科教育学会
西一夫　二〇二三年「「言語文化」の和歌教材―中等教育での万葉集作品―」『研究紀要』十四号　長野県国語国文学会
西一夫・杉本直美　二〇二四年「中等教育における古典学習―学習指導要領が目指す方向性と教材分析の検討から―」『信州大学教育学部研究論集』第十八号　信州大学教育学部
文部科学省　二〇一八年『小学校学習指導要領（平成29年告示）解説　国語編』東洋館出版社
文部科学省　二〇一八年『中学校学習指導要領（平成29年告示）解説　国語編』東洋館出版社
文部科学省　二〇一九年『高等学校学習指導要領（平成30年告示）解説　国語編』東洋館出版社
文部科学省　二〇二〇年『小学校用　教科書目録（令和3年度使用）』文部科学省
文部科学省　二〇二一年『高等学校用　教科書目録（令和4年度使用）』文部科学省

■祭礼のなかの短歌

日本文化財団編『和歌を歌う―歌会始と和歌披講―』笠間書院　二〇〇五年八月

■戦争と短歌

岡野弘彦　二〇〇六年　『バグダッド燃ゆ』砂子屋書房
岡野弘彦　一九六七年　『冬の家族』角川書店
吉田満　一九五二年　『戦艦大和の最期』創元社
千早耿一郎　二〇〇四年　『大和の最期、それから　吉田満　戦後の航跡』講談社
山田富士郎　二〇〇二年　「短歌と戦争」『國文學　解釈と教材の研究』第四十七巻七号　學燈社
釈迢空　一九四八年　『釋迢空短歌綜集（四）　遠やまびこ』好學社
渡辺直己　一九四〇年　『渡辺直己歌集』呉アララギ会
宮柊二　一九四九年　『山西省』古径社
山崎方代　一九七四年　『右左口』短歌新聞社
竹山広　一九八一年　『とこしへの川』雁書館
小池光　一九八二年　『廃駅』沖積舎
樋口智子　二〇二二年　「女の鎖骨」『短歌研究』第七十九巻六号　短歌研究社
五百旗頭真　一九八五年　『米国の日本占領政策（下）　戦後日本の設計図』中央公論社
岡谷繁実　一八六九年　『名将言行録』玉山堂
乃木希典　一九一二年　『乃木将軍歌詩集』乃木講元
綿抜豊昭　二〇一一年　『コレクション日本歌人選〇一四　戦国武将の歌』笠間書院
鈴木健一　二〇一三年　『日本漢詩への招待』東京堂出版
品田悦一　二〇〇一年　『万葉集の発明　国民国家と文化装置としての古典』新曜社
小松靖彦　二〇二一年　『戦争下の文学者たち　『萬葉集』と生きた歌人・詩人・小説家』花鳥社
三枝昻之　二〇〇五年　『昭和短歌の精神史』本阿弥書店
塚本邦雄　一九五一年　『水葬物語』メトード社
塚本邦雄　一九五八年　『日本人靈歌』四季書房

■近世社会のなかの短歌

鈴木健一　一九九六年『近世堂上歌壇の研究』汲古書院
鈴木淳　一九九七年『江戸和学論考』ひつじ書房
揖斐高　一九九八年『江戸詩歌論』汲古書院
田中康二　二〇一〇年『江戸派の研究』汲古書院
田中康二　二〇一一年『和歌史を学ぶ人のために』世界思想社「県居派・江戸派・桂園派の歌人たち―江戸時代中・後期―」
鈴木健一　二〇一一年『江戸古典学の論』汲古書院

■コラム　能と短歌
伊藤正義　一九八六年『新潮日本古典集成　謡曲集　中』新潮社
小沢正夫・松田成穂　一九九四年『新編日本古典文学全集　古今和歌集』小学館
小山弘志・佐藤健一郎・佐藤喜久雄　一九九七年『新編日本古典文学全集　謡曲集①』小学館

■中世社会のなかの短歌
藤田一尊　二〇〇四年『源家長日記（中世日記紀行文学全評釈集成　第三巻）』勉誠出版
渡部泰明・小林一彦・山本一校注　二〇〇六年『歌論歌学集成　第七巻』三弥井書店
久保田淳訳注　二〇一三年『無名抄 現代語訳付き』角川ソフィア文庫
馬場光子　二〇一〇年『梁塵秘抄口伝集　全訳注』講談社学術文庫
海野圭介　二〇一九年『和歌を読み解く　和歌を伝える―堂上の古典学と古今伝受』勉誠出版
深津睦夫　二〇〇五年『中世勅撰和歌集史の構想』笠間書院
『和歌文学大辞典』古典ライブラリー　二〇一四年

■コラム　仏教と短歌
平野多恵　二〇一四年「釈教歌の方法と文体」『日本文学』六十三巻七号
小林智昭　一九六五年『無常感の文学』弘文堂

■古代社会のなかの短歌
浅田徹　二〇一九年『恋も仕事も日常も　和歌と暮らした日本人』淡交社
浅田徹　二〇二二年「「敷島の道」のリセット―古今集注釈の近代―」『文学・語学』第二三六号　全国大学国語国文学会
犬飼隆　二〇〇八年『木簡から探る和歌の起源―「難波津の歌」がうたわれ書かれた時代―』笠間書院
海野聡　二〇〇九年「古代地方官衙政庁域の空間構成」『日本建築学会計画系論文集』第七十四巻六四五号　日本建築学会
斎藤茂吉　一九四三年『正岡子規』創元社
栄原永遠男　二〇一一年『万葉歌木簡を追う』和泉書院
島田修二編　二〇〇二年『子規選書第七巻 子規の短歌革新』増進会出版社
新沢典子　二〇二一年「神々の争ひ」『美夫君志』第一〇二号　美夫君志会
鈴木日出男　一九九〇年『古代和歌史論』東京大学出版会
田中喜美春・田中恭子　一九九七年『貫之集全釈　私家集全釈叢書二〇』風間書房
玉城徹　二〇〇六年『短歌復活のために―子規の歌論書簡』短歌新聞社
土橋寛　一九七六年『古代歌謡全注釈　日本書紀編』角川書店
平野由紀子　二〇一三年「古今和歌集―二つの文脈」『国語と国文学』第一〇七八号　東京大学国語国文学会
山田孝雄　一九二四年「万葉集の編纂は宝亀二年以後なるべきことの証」『心の花』第二十八巻十二号　竹柏会

■プロフィール一覧（＊は編者、＊＊は編集委員）

上野　誠（うえの・まこと）＊
奥付の編者紹介を参照

内藤　明（ないとう・あきら）
元早稲田大学社会科学総合学術院教授、歌人。著書：『うたの生成・歌のゆくえ』（成文堂）、『万葉集の古代と近代』（現代短歌社）

兼築信行（かねちく・のぶゆき）
早稲田大学文学学術院教授。著書：『聞いて楽しむ百人一首』（創元社）、『歌集　改元前後 2016-2019』（花鳥社）

永田　淳（ながた・じゅん）
出版社「青磁社」代表、塔短歌会選者、京都芸術大学客員教授。著書：『歌集　光の鱗』（朔出版）、『評伝・河野裕子　たっぷりと真水を抱きて』（白水社）

小島なお（こじま・なお）＊＊
コスモス短歌会選者、信濃毎日新聞歌壇選者、日本女子大学非常勤講師。著書：『新装版　歌集　乱反射』（書肆侃侃房）、『短歌部、ただいま部員募集中！』（千葉聡との共著・岩波書店）

西　一夫（にし・かずお）
信州大学学術研究院教育学系教授。論文：「離別の情感―『杜家立成雑書要略』所収友人関連文例の特質―」（『萬葉集研究』40集、塙書房）、「国語教育から見る「訓読」の学び―日本語としての漢文―」（『和漢比較文学』71号、和漢比較文学会）

太田真理（おおた・まり）
清泉女子大学非常勤講師。著書：『松本平の御柱祭』（鳥影社）、「フィールドから読む『万葉集』」（上野誠・大浦誠士・村田右富実編『万葉をヨム―方法論の今とこれから―』笠間書院）

黒瀬珂瀾（くろせ・からん）
浄土真宗本願寺派願念寺住職、読売歌壇、「未来」選者。著書：『黒耀宮』（ながらみ書房）、『ひかりの針がうたふ』（書肆

侃侃房）

吉川宏志（よしかわ・ひろし）
「塔」主宰。現代歌人協会理事。著書：『青蟬』（砂子屋書房）、『雪の偶然』（現代短歌社）

伊藤一彦（いとう・かずひこ）
若山牧水記念文学館館長、「心の花」会員。著書：『牧水・啄木・喜志子』（ながらみ書房）、歌集『言霊の風』（角川書店）

月岡道晴（つきおか・みちはる）
國學院大學北海道短期大学部国文学科教授、歌人。著書：『とりよろへ山河』（いりの舎）、『万葉集の基礎知識』（共著・角川選書）

竹内正彦（たけうち・まさひこ）
國學院大學文学部教授。著書：『源氏物語の顕現』（武蔵野書院）、『名場面で味わう源氏物語五十四帖』（ベストブック）

田中康二（たなか・こうじ）
皇學館大学文学部教授。著書：『江戸派の研究』（汲古書院）、『本居宣長の国文学』（ぺりかん社）

倉持長子（くらもち・ながこ）
国士舘大学文学部専任講師。著書：『紙漉きの里のたからもの―福西家所蔵墨蹟等報告書―』（上野誠監修、鈴木喬・倉持長子編集・吉野町）、「能〈姨捨〉と金春禅竹の「月」」（『月刊 観世』90巻4号、檜書店）

荒木優也（あらき・ゆうや）＊＊
國學院大學文学部准教授。論文：「心と水 ―西行詠「心のそこ」の表現形成について―」（『日本文学論究』81冊）、「落葉の系譜 ―人麻呂から西行へ―」（『國學院雑誌』115巻10号）

新沢典子（しんざわ・のりこ）
鶴見大学文学部教授。著書：『万葉歌に映る古代和歌史―大伴家持・表現と編纂の交点』（笠間書院）

小島ゆかり（こじま・ゆかり）
歌人。著書：歌集『憂春』（角川書店）、『雪麻呂』（短歌研究社）

上野　誠（うえの・まこと）

1960年、福岡県朝倉市生まれ。國學院大學文学部日本文学科教授（特別専任）。奈良大学名誉教授。万葉文化論専攻。國學院大學大学院文学研究科博士課程後期単位取得満期退学。博士（文学）。著書に『古代日本の文芸空間　万葉挽歌と葬送儀礼』（雄山閣出版）、『芸能伝承の民俗誌的研究　カタとココロを伝えるくふう』（世界思想社）、『万葉挽歌のこころ　夢と死の古代学』（角川選書）、『折口信夫的思考　越境する民俗学者』（青土社）、『万葉文化論』（ミネルヴァ書房）、編著に『万葉集の基礎知識』『万葉考古学』（角川選書）など多数。

角川選書 670

短歌《たんか》を楽《たの》しむ基礎知識《きそちしき》

令和6年5月29日　初版発行

編　者／上野《うえの》　誠《まこと》

発行者／山下直久

発　行／株式会社KADOKAWA
〒102-8177　東京都千代田区富士見2-13-3
電話 0570-002-301（ナビダイヤル）

印刷所／株式会社KADOKAWA

製本所／株式会社KADOKAWA

装　丁／片岡忠彦　　帯デザイン／Zapp!

●お問い合わせ
https://www.kadokawa.co.jp/（「お問い合わせ」へお進みください）
※内容によっては、お答えできない場合があります。
※サポートは日本国内のみとさせていただきます。
※Japanese text only

定価はカバーに表示してあります。

ISBN 978-4-04-703725-0　C0392

◆◇◇

この書物を愛する人たちに

詩人科学者寺田寅彦は、銀座通りに林立する高層建築をたとえて「銀座アルプス」と呼んだ。
戦後日本の経済力は、どの都市にも「銀座アルプス」を造成した。
アルプスのなかに書店を求めて、立ち寄ると、高山植物が美しく花ひらくように、
　書物が飾られている。
印刷技術の発達もあって、書物は美しく化粧され、通りすがりの人々の眼をひきつけている。
しかし、流行を追っての刊行物は、どれも類型的で、個性がない。
歴史という時間の厚みのなかで、流動する時代のすがたや、不易な生命をみつめてきた先輩たちの発言がある。
また静かに明日を語ろうとする現代人の科白がある。これらも、
銀座アルプスのお花畑のなかでは、雑草のようにまぎれ、人知れず開花するしかないのだろうか。
マス・セールの呼び声で、多量に売り出される書物群のなかにあって、
選ばれた時代の英知の書は、ささやかな「座」を占めることは不可能なのだろうか。
マス・セールの時勢に逆行する少数な刊行物であっても、この書物は耳を傾ける人々には、
飽くことなく語りつづけてくれるだろう。私はそういう書物をつぎつぎと発刊したい。
真に書物を愛する読者や、書店の人々の手で、こうした書物はどのように成育し、開花することだろうか。
私のひそかな祈りである。「一粒の麦もし死なずば」という言葉のように、
こうした書物を、銀座アルプスのお花畑のなかで、一雑草であらしめたくない。

一九六八年九月一日　角川源義

万葉集の基礎知識
上野 誠・鉄野昌弘・村田右富実 編

『万葉集』を1冊で見渡す! 歌人の事績、歌のかたちや工夫、時代別の読まれ方の変遷など、楽しみながら学べる知識が満載。歌の鑑賞、小事典、関連地図も収録。第一線で活躍する研究者による最高の入門書。

650 456頁

978-4-04-703702-1

万葉考古学
上野 誠 編

万葉学×考古学から、新たなる学問が生まれる! 考古学の視点で万葉集を読み解くとどのような風景が見えてくるのか。都市や交通、境界をテーマに、第一線の研究者が、今、万葉の世界に迫る画期的な試み。

663 264頁

978-4-04-703710-6

和歌史
なぜ千年を越えて続いたか
渡部泰明

言葉には、意味を越えて心に届く力がある。人は三十一文字の文化にどう親しみ、何を託してきたのか。なぜ、和歌は千年の時をこえて続いてきたのか? 連綿と続く言葉の網を通史的に解き明かす画期的試み。

641 336頁

978-4-04-703653-6

和歌文学の基礎知識
谷 知子

ヤマトタケルから良寛まで、よりすぐりの和歌を楽しみながら、歌の発生、修辞技法や歌の社会的役割、工芸の世界をはじめ日本文化全体におよぶ和歌の影響などを解説。和歌がどんどん身近になる!

394 224頁

978-4-04-703394-8

角川選書

シリーズ 地域の古代日本
東アジアと日本
吉村武彦・川尻秋生・松木武彦 編

シリーズの総論として基本テーマを選び、最新研究を収録。現在の文化・宗教事情にも影響する日本史の「青春時代」の足跡である。今日の課題と関わる、災害とジェンダーの2つのテーマを歴史的に解き明かす。

655 272頁

978-4-04-703696-3

シリーズ 地域の古代日本
陸奥と渡島
吉村武彦・川尻秋生・松木武彦 編

国と時には対峙しつつも独自の文化を育んだ地域。そこに暮らした「蝦夷」と呼ばれる人々の世界を解き明かす！ 蝦夷の墳墓はどんな形か。古代のアイヌ文化とは？ 考古学・古代史学の最新研究を示す決定版！

656 288頁

978-4-04-703694-9

シリーズ 地域の古代日本
東国と信越
吉村武彦・川尻秋生・松木武彦 編

国造とミヤケ、渡来系移住民、古墳と埴輪の特質、国府・郡家などの官衙、村落寺院と地方寺院、ヤマトタケル伝承、「東国」観の変遷——。斬新な切り口で、ヤマト王権の重要地域・古代東国の実像に迫る。

657 320頁

978-4-04-703695-6

シリーズ 地域の古代日本
畿内と近国
吉村武彦・川尻秋生・松木武彦 編

製塩・玉作り・紡織ほか専業的拠点で営まれた手工業生産、律令制国家の情報伝達を担った駅伝制、平城京跡出土木簡が示す文字文化など、畿内の多彩な側面を最新の発掘成果や文献史料を駆使して明らかにする。

658 272頁

978-4-04-703697-0

シリーズ 地域の古代日本
出雲・吉備・伊予
吉村武彦・川尻秋生・松木武彦 編

中国・四国地方は、古代から人や文物や情報がさかんに往来する回廊であった。製鉄技術の開発、弥生墳丘墓と巨大古墳、国府と鋳銭司、古代出雲、瀬戸内の古代山城など、多様なテーマで当地方の古代像を描く。

659 | 272頁
978-4-04-703698-7

シリーズ 地域の古代日本
筑紫と南島
吉村武彦・川尻秋生・松木武彦 編

筑紫は日本列島の先進地域と呼ばれた。筑紫諸国を管轄し、外交使節の接待を担った大宰府。宗像大社の祭祀の中心として信仰されてきた沖ノ島。独自文化を持つ南島など、九州地域の古代の全貌を明らかにする。

660 | 272頁
978-4-04-703699-4

シリーズ世界の思想
マルクス　資本論
佐々木隆治

経済の停滞、政治の空洞化……資本主義が大きな転換点を迎えている今、マルクスのテキストに立ち返りこの世界の仕組みを解き明かす。原文の抜粋と丁寧な解説で読む、画期的な『資本論』入門書。

1001 | 568頁
978-4-04-703628-4

シリーズ世界の思想
プラトン　ソクラテスの弁明
岸見一郎

古代ギリシア哲学の白眉ともいえる『ソクラテスの弁明』の全文を新訳とわかりやすい新解説で読み解く。誰よりも正義の人であったソクラテスが裁判で何を語ったかを伝えることで、彼の生き方を明らかにする。

1002 | 216頁
978-4-04-703636-9

角川選書